MW01113988

Au crépuscule du jour

Au crépuscule du jour est le second roman de Lina Chapuzet publié aux éditions Bookless, après histoire d'en finir sorti en avril 2021.

Lina Chapuzet

Au crépuscule du jour

Roman

© Lina Chapuzet
Bookless editions
Tous droits réservés
Décembre 2022
ISBN : 9782372226530

*Le plus beau des courages
est celui d'être heureux*

Philippe Sollers

Paroles de femmes

Paroles de Femmes C'est Quoi ?
Un sourire
Des rires
Des dons complices
Des accueils
Des colères
De la souplesse
De la rigidité
Des écueils
Des regards apeurés
Des faiblesses avouées   parfois
C'est un corps en souffrances
Une âme délirante   parfois
C'est un corps en naissances
C'est une transformation   passage obligé
C'est une bataille   esseulée   échevelée
entrelacée   ouatée

Paroles de Femmes c'est Quoi ?
C'est repartir sur le chemin   parfois
Faut reprendre le cap chargé plus encore d'un
handicap

Car elles ont été atrophiées d'un œil   d'un pied parfois

Ne dit-on pas « bon pied bon œil ! »
Nécessité donc de ne pas se tromper ni de pied ni d'œil !
Garder le bon

Bonheur dans la parole de la Femme vers l'Enfant
Aimante   Amante
Paroles enfouies dans le ventre
Don de cette puissance   sienne et offerte
Au-delà des mots   une délivrance
Paroles de femmes c'est être   En Vie ! Je vous le dis !

Chapitre I

Antonin a remarqué depuis quelque temps que Camille est tendue, qu'elle manifeste une humeur d'impatience sur des sujets qui lui paraissent anodins. Ce qui ne lui ressemble pas du tout !

Il fait son possible pour que les situations ne dégénèrent pas sur des conflits.

Il aime Camille et leur choix de vie lui convient, le remplit de satisfaction. Il a la certitude qu'il en est de même pour elle.

Tous les deux ont une vie professionnelle stable, des centres d'intérêts communs. Chacun a des activités personnelles en fonction de leurs besoins.

Les amis qui les côtoient ne cessent de leur dire qu'ils forment un beau couple, presque un « idéal » que certains aimeraient bien vivre !

C'est vrai que le rythme des journées, des semaines est intense. Peut-être trop ? Ils n'ont finalement que très peu de temps à partager tranquillement ensemble. Cela peut installer une fatigue importante se dit Antonin. Ce qui expliquerait le changement qu'il constate dans leur couple. Même les câlins sur l'oreiller n'ont plus tout à fait la même saveur, la même intensité.

Antonin se dit que c'est peut-être normal au bout de quelques années de vie commune.

Il y a eu aussi cet incident il y a trois mois. Camille lui annonce qu'elle est enceinte. Cela les bouscule, ils ne l'ont pas prévu dans l'immédiat, un accident constatent-ils.

Après bien des discussions sur cette situation inattendue, ils décident de ne pas garder cet enfant à venir. Ils ne sont pas tout à fait prêts. Camille doit relever des challenges à son travail, elle vient de changer d'entreprise il y a peu et elle dirige une équipe dont elle doit obtenir l'adhésion afin de construire et mener à bien le gros projet en cours. Elle aime son métier, en accepte les pressions multiples car elle ressent cet engagement comme étant un tremplin pour son épanouissement professionnel.

Elle est à un âge où elle peut différer son désir d'enfant. Antonin ne se sent pas encore dans la perspective d'être père, là, maintenant. Tous deux se sont redit l'amour qu'ils éprouvent l'un pour l'autre, leur confiance, leur complicité.

Antonin a fait du mieux qu'il a pu, avec attention et tendresse pour accompagner Camille dans cette étape qu'il a bien perçue comme une épreuve pour elle.

Aujourd'hui peut-être que cette tristesse qu'il voit

dans son regard signifie le souvenir de ces jours difficiles ?

Une pensée le traverse comme une évidence. Camille n'aurait-elle pas un amant ? Ça expliquerait la tiédeur voire l'absence de plus en plus fréquente de son désir qu'elle justifie par une fatigue importante ! Et puis, elle n'est plus aussi câline, prévenante, à ses petits soins quand il rentre du boulot. Antonin sent une émotion désagréable monter en lui. La jalousie l'envahit avec le sentiment de trahison. La peur aussi, il panique un instant. « Non ce n'est pas possible, pas Camille » Lâche-t-il à voix haute comme pour s'en persuader !

Malgré tout, cette éventualité ne le quitte pas de la journée. Il imagine des plans, fait des rapprochements avec des situations où au final, il ne savait pas du tout où se trouvait Camille pendant de longues heures. Elle avait toujours une excuse : « Je suis allée avec Ludivine à la piscine et ensuite à l'espace détente. Nous avons traîné un peu, c'était si bon ! » Ou bien encore : « Je suis désolée de rentrer si tard mais il y a eu au boulot un afterwork improvisé au bar d'à côté et toutes mes excuses de ne pas t'avoir averti, tu as dû t'inquiéter… tout ça, ça m'a épuisée ! »

C'est vendredi et justement ce week-end rien n'est prévu !

Il ne peut attendre plus et décide qu'une discussion est nécessaire rapidement afin de mettre à plat ce qui commence à le préoccuper chaque jour un peu plus. Il veut comprendre ce qui se passe, avoir des réponses. C'est un sujet qui peut éventuellement être délicat, pense-t-il, même si entre eux, la parole a toujours bien circulé.

Camille revient de sa journée de travail, harassée. Antonin la trouve peu disponible, un rien l'agace.

Demain après une bonne nuit à se retrouver dans l'intimité ouatée et tendre, c'est une bonne idée ! Cette pensée le tranquillise un peu. Au cours de la soirée Camille se détend mais une fois de plus, il n'y a pas de câlins sur l'oreiller. Difficile pour lui de trouver le sommeil envahi par des pensées sombres.

Ce samedi matin contrairement à ses habitudes, Camille traîne au lit. Elle se retourne et voit la place à côté d'elle vide. Elle entend des bruits dans la cuisine, Antonin est levé et semble s'y activer. Elle se lève, s'étire, se réveille doucement, se dirige vers la cuisine où la bonne odeur du café vient jusqu'à ses narines. Un super petit déjeuner est prêt : croissants, jus de fruit, tartines, la confiture qu'elle adore, le tout agrémenté de trois roses blanches. À la vue de ses saveurs, elle ouvre grand ses yeux !

– Mais que se passe-t-il ? C'est très gentil mon chéri !

– J'avais envie de te faire plaisir ma chérie ! lance Antonin sur un ton de victoire.

– Eh bien c'est réussi ! Dit-elle en lui déposant un

baiser tendre sur les lèvres. Merci !

– Bon appétit ma chérie, je te sers un bon café.

Ce n'est que lorsque que tout est avalé dans la bonne humeur qu'Antonin décide de se lancer.

– Ma chérie, je souhaite parler avec toi de quelque chose qui me tracasse depuis un moment. Il a un air sérieux tout à coup.

Il poursuit sur sa lancée.

– Depuis quelques semaines, je dirais même trois mois environ, je te sens différente, un changement dans ton attitude envers moi, dans notre couple. Tu es tendue, tu es souvent irritable et fatiguée. Nous n'avons plus les mêmes échanges, moins de complicité, nous faisons moins l'amour et quand on le fait c'est tiède. Je me trompe ?

– Non mon chéri, tu as raison, tu remarques ce que moi-même je perçois en moi.

Camille avait perçu qu'Antonin avait remarqué un changement dans son attitude. Ne sachant comment aborder le sujet, elle est soulagée que ce soit lui qui amorce le dialogue.

– Je vais être direct, tu as un amant ?

Camille ouvre grand les yeux et soutient son regard.

– Absolument pas !

– Tu m'en veux d'avoir été insistant pour que tu avortes ?

– Non, ce fut douloureux dans mon corps et mon âme mais nous avons pris la décision ensemble et c'était la meilleure.

– Tu veux que l'on prenne quelques jours de

vacances ? On en a besoin je crois, que tous les deux, une petite semaine où tu voudras !

– Je suis désolée, ce n'est pas possible.

– Je ne comprends pas... Alors, que se passe-t-il ma chérie ?

Camille prend une longue respiration pour se détendre et pour essayer de rassembler ses pensées. Le moment de se parler est venu.

– Antonin, je vais tenter de t'expliquer, je comprends bien que tu sois dans ces questionnements. Effectivement, j'ai changé d'attitude ces derniers temps. Tu n'es pas responsable tu sais. En fait, petit à petit, j'ai fait ce bilan, je ne me sens pas à ma place, ni dans cette vie qui est la mienne, ni dans mon travail, ni dans notre couple. J'y trouve de moins en moins de sens alors que ça devrait être le contraire puisque globalement tout « roule ». Je n'arrive pas à avoir de perspectives dans un avenir, je perds le désir, l'envie de projets avec toi ou plus largement dans ma carrière professionnelle. Cela me déstabilise beaucoup, mes repères se dérobent et laissent place à un vide. L'énergie que j'avais se réduit comme une peau de chagrin. Tu as bien constaté que je suis de plus en plus harassée et irritée pour peu de choses au final ? Je contrôle de moins en moins, ça m'envahit !

Camille n'a pas lâché des yeux Antonin qui rougissent peu à peu. Il reste silencieux.

– Tu es triste, je le vois bien, cela te fait du mal ce que je te dis. Ce n'est pas mon intention, loin de là, poursuit Camille, émue.

C'est difficile de soutenir son regard et l'abattement qui en jaillit, il a les larmes aux yeux. Elle approche sa main vers la sienne, pour la saisir.

– Si j'ai bien compris, tu n'es pas heureuse avec moi !? dit-il en refusant le contact.

– Non. Je t'aime, mais je ne suis pas heureuse. C'est ainsi. Pardonne-moi. J'ai démissionné de mon boulot il y a un mois. Cette décision ne fut pas facile mais je n'en pouvais plus, je saturais. La semaine prochaine, c'est fini. Les collègues ont été super sympas et nous avons « fêté » mon départ au bar d'en bas, tu te souviens ? Je suis rentrée un peu tard ce soir-là. Je vais partir Antonin, pour quelques semaines ou plusieurs mois, je ne sais pas. Camille ne baisse pas les yeux, cherche ceux d'Antonin qui reste prostré dans le fauteuil.

– Tu as déjà tout préparé, dit Antonin dans un souffle presque étouffé. Je ne peux rien faire et tu m'abandonnes !

Il lève la tête, regarde Camille. Elle est troublée, ressent dans ce ton plus piquant que c'est un reproche.

Il ne la comprend pas mais elle ne peut pas lui en vouloir. Ça lui tombe trop sur la tête d'un coup ! Ce qu'elle redoute, c'est que ça dégénère en dispute. Elle ne le veut tellement pas ! Sur ce temps suspendu, elle reste silencieuse.

– Et quand as-tu prévu de partir ?

Il est agacé, ses genoux s'agitent !

– D'ici une dizaine de jours. Sa voix se fait douce, craignant une riposte mordante.

Antonin prend une grande respiration, ses yeux sont toujours humides.

– Tu sais que c'est un coup dur ce que tu me dis ! Tu vois bien que je suis triste !!

Le ton monte.

Silence, Camille a la gorge nouée. Il reprend.

– Tu es déterminée et je te connais bien, quand c'est le cas, tu ne lâches rien ! Pars, pars loin je ne veux pas te retenir, je sais que c'est inutile ! Je t'aime Camille. Je ne te veux que du bien, je souhaitais t'apporter du bonheur qui nous aurait permis de construire notre histoire dans un avenir heureux. Tu n'es pas heureuse dans notre vie, avec moi. Je n'ai pas su t'offrir ça.

Antonin baisse la tête, abattu.

Comment lui apporter du réconfort ? Camille se rapproche, lui prend la main, cette fois il ne la refuse pas.

– Nous avons vécu beaucoup de moments heureux. Il ne s'agit pas seulement de nous deux, c'est tout un ensemble de choses que je ne désire plus, qu'il me faut interroger, comprendre. Je ne sais plus où j'en suis dans ce quotidien Antonin. Je n'y trouve ni ma place ni de sens pour poursuivre. Tout est confusion dans ma tête. Je sais que je te fais du mal et je n'en suis pas fière du tout ! L'amour que je ressens pour toi ne modifiera pas ma décision, j'espère que tu le comprends et je t'en remercie profondément.

Antonin ne répond pas, se lève, prend son blouson,

ses clés de voiture dans un mouvement de lassitude.

– Je sors pour la journée, je ne rentrerai pas de bonne heure, ne m'attends pas !

La porte claque. Camille prend de grandes respirations pour soulager son plexus tendu par ce moment éprouvant. Elle est envahie par une grande tristesse, ses yeux s'humidifient. Elle sait qu'Antonin a mal, mais à cet instant, elle sait aussi qu'elle est en parfait accord avec elle-même.

Nuit suspendue

Tout être empreint de l'œil du chat
Qui miaule au soleil et crie à son ombre
Avide de la nuit noire
Regard de lumière vers cette étoile
Astre navigant
Telle une gravure au fond de l'âme.

Chapitre II

Elle repense à la discussion qu'ils ont eu ce matin, encore une fois, car toute la journée, les mots ont résonné dans sa tête et son cœur. Antonin est parti peu de temps après, préférant certainement échapper à la lourdeur prégnante. Elle en fut soulagée, elle s'est occupée à tout un tas de futilités qui remplissent le temps sans encombrer l'esprit. Il est revenu tard dans la soirée, très peu de mots, des banalités.

– Je vais me coucher, lui dit-il.

Il remarque que la banquette est ouverte, entre dans la chambre et ferme la porte.

Camille a choisi le canapé. Elle ne se sentait pas le droit d'être à un autre endroit.

La nuit est tombée, la lune est pleine ce soir. Elle perçoit sa lumière à travers les volets entrouverts. Elle ne trouve pas le sommeil sa tête est envahie d'un monologue intérieur.

Ses réflexions se centrent, non pas sur une conclusion, mais sur un constat.

Le bonheur, ce n'est pas une note séparée, c'est la

joie lorsque que deux notes rebondissent l'une contre l'autre. La dissonance c'est quand celle de l'autre ne s'accorde pas avec la sienne. La séparation entre les gens, elle est là, nulle part ailleurs que dans les rythmes qui ne s'accordent pas.

Il y a partout, mélangées aux particules de l'air que nous respirons, des poussières d'amour errantes. Parfois elles se condensent et nous tombent en pluie sur la tête, parfois non. C'est aussi peu dépendant de notre volonté qu'une averse de printemps. Tout ce qu'on doit faire, c'est rester le moins souvent à l'abri. Et c'est peut-être ça qui cloche dans l'union : ce côté parapluie.

Voilà ! Camille comprend que ce « côté parapluie » ne peut être le fil de sa vie !

Enfin elle trouve l'apaisement qui la berce jusqu'au sommeil, elle s'endort.

Le week-end se termina dans une ambiance lourde, peu d'échanges. De la gêne lorsque la nuit s'annonce. Ils ne partageront pas le lit, encore une fois.

La semaine fut dense pour Camille, entre le rangement de son bureau, la clôture des dossiers, les « au revoir » aux collègues, la préparation de sa voiture pour son départ car c'est pour bientôt, samedi elle prend la route ! Dans sa valise, pas grand-chose à emporter, pas nécessaire de se charger.

Enfin, ils ont eu une discussion, plus apaisée sur la situation. Il le fallait pour ne pas se quitter dans l'affrontement et la douleur. Antonin lui redit sa peine, son incompréhension mais il a fait le choix de la laisser vivre l'expérience qu'elle désire. En souhaitant qu'elle revienne, il l'attendra.

Camille écoute, le remercie du fond du cœur. Elle ne maîtrise pas tout, elle sait seulement qu'elle doit partir pour se découvrir. C'est une grande tâche, certainement prétentieuse. C'est de l'inconnu, elle qui pourtant se sent si perdue habituellement lorsque tout n'est pas cadré, fixé. Elle ne sait pas ce qu'elle trouvera, mais elle sait qu'elle apprendra.

C'est aujourd'hui que leur chemin se sépare. Il n'y a plus rien à dire. Leurs yeux délivrent une certaine nostalgie.

À les voir on pourrait croire que l'amour entre eux est fini.

C'est aujourd'hui qu'ils s'en vont, sans se retourner, sans se dire qu'ils pourraient regarder dans la même direction, vers un avenir commun.

Prisonnière de la terre

Ultime histoire en devenir
Les mains de l'abîme viennent me soutenir
Du plus haut de mon Être au point culminant de
l'irréel et du réel
Centre de créativité permanente
Cherche-moi navigante

Voyage dans l'espace d'un instant d'éternité
Dialogue sans paroles
Regard au-dedans
Inimitable parfum intérieur où se perd notre
essence

Garde ta main dans le sourire de la plénitude
Chemin à deux côte à côte
Éblouissant dans la lumière tiède et chaleureuse
Caresse de l'amour sensible

Chapitre III

Camille est partie.

Elle vibre toute entière d'une sensation de liberté.

Elle ne sait pas combien de temps durera son voyage. Ce n'est pas important, rien ne l'oblige à revenir pour l'instant.

Pour devenir pleinement soi-même, il faut cesser d'être ce que l'on est !

Elle claque la porte, met le contact, direction le sud.

Elle n'a pas d'idée de sa première destination, elle s'arrêtera lorsque son intuition lui dictera un endroit ou bien la fatigue.

Elle a choisi de quitter rapidement les grands axes routiers. C'est un jour embaumé de printemps. Elle admire la terre troublante de la campagne qui s'éveille sous le ciel clair et offre ses étendues multicolores.

Après quelques heures passées sur la route, la fatigue se fait ressentir et le jour avance vers la fin d'après-midi.

Il est temps de penser à trouver où dormir, se dit-elle.

Voici un village qui se profile. Tiens, Saint-Chamand, joli nom !

C'est dans ce village pittoresque que Camille choisi de poser sa valise. Les maisons de pierres ornées de rosiers grimpants, de glycines à l'odeur suave, chaude, enivrante, belles, sont en suspens.

Elle roule doucement à l'affût d'un gîte ou d'une chambre d'hôtes.

La chance lui sourit ! Elle aperçoit une pancarte qui en indique la proximité.

C'est une ravissante bâtisse, entourée de nature et le portail est grand ouvert. Elle s'engage dans l'allée avec l'espoir d'y trouver le gîte et le couvert.

Un homme se trouve sur le pas de la porte, son visage souriant est accueillant.

– Bonsoir Monsieur, auriez-vous une chambre disponible pour une nuit ? demande Camille une fois sortie de sa voiture.

– Bonsoir madame, oui bien sûr, en cette saison il n'y a pas foule ici ! Nous sommes heureux de vous accueillir ! répond l'homme sur un ton enjoué.

Une femme, tout aussi souriante et avenante se faufile auprès de l'homme.

– Une chambre est prête à vous recevoir. Elle donne sur le jardin ! lança-t-elle avec bonne humeur.

– Si vous souhaitez dîner, nous vous servirons un repas avec des produits locaux et des petites douceurs faites maison. Je vous accompagne à votre chambre, le repas sera prêt d'ici trente minutes. rajouta-t-elle.

Camille est soulagée.

Elle s'installe dans une chambre qui respire la douceur. Une lassitude l'envahit subitement. Un relent de tristesse l'enveloppe. La chambre est silencieuse. Elle ouvre la fenêtre pour respirer. Ses pensées se laissent aller vers ce qu'elle vient de quitter.

C'est l'heure du dîner ! Très bien, Camille descend, ce ressenti teinté de gris est parti.

Des saveurs gustatives l'attendent, elle s'en délecte avec plaisir. Un couple de voyageurs est là, installé à une table à quelques mètres. Quelques échanges succins suffisent, Camille n'a pas envie de plus.

Lorsqu'elle ouvre la porte de sa chambre, la fenêtre est toujours ouverte. Elle s'assoit sur le rebord.

Elle entend le chant des oiseaux, sent la brise légère sur ses cheveux, voit le défilement des nuages dans le ciel encore bleu. Quelle beauté !

Le soleil illumine les couleurs du soir, c'est le printemps.

On sent l'odeur de la journée se répandre, bien abreuvée des averses furtives et légères.

Sa pensée se fait volupté, son corps se détend après la route de la journée.

Dans la trouée des branches le soleil persiste, il ne fait plus mal aux yeux et enfin elle peut le regarder sans peur. Il n'a que sa lumière douce à lui offrir. Qu'il est bon de se laisser bercer par cette chaleur printanière !

Juste ce qu'il faut pour caresser le corps et apaiser

l'esprit.

Délicieusement le vent vient se déverser sur sa peau.

Elle écoute le silence de ses mers intérieures. La respiration, flux et reflux des vagues enivrantes dans une sorte de somnolence. Le temps ne se compte pas en espace mais en suspens.

Le silence se charge de lumière, d'un chant, vibration de l'air sur le tympan du cœur.

Murmure subtil du désir. Chaque chose est à sa place.

Elle reste longtemps ainsi, assise, dans une écoute fluctuante.

Les minutes passent et la faiblesse du soleil ravive la luminosité de la lune.

Il y a quelque chose de magique dans ce lever de lune. Camille lève la tête, le regard vers les cieux gris bleu et elle est là, pas forcément où on l'attend, différente de la veille, indifférente au lendemain.

Elle est belle, tranquille, essence de la nuit, elle illumine.

Camille sombre dans la nuit.

Soudain elle se réveille. Sans troubles mais comme invitée à ouvrir la fenêtre et s'enivrer des effluves du lever du jour.

L'aurore dure très peu de temps. Juste celui qu'il faut pour que la nature sente venir l'éveil.

Dehors la rosée étincelle, le chant des oiseaux est au plus fort, l'odeur de la terre quitte la nuit et annonce le jour.

Assise sur le rebord de la fenêtre, les pieds nus et la tête au soleil levant du matin elle contemple les petites pousses serrées dans un pot, là, juste au-dessous qui s'érigent vers la lumière. Après de longs mois de silence hivernal vient la douceur, un jour de printemps précoce. Les fleurs n'en reviennent pas ! Plantées dans leur certitude que le temps est venu d'offrir leurs couleurs !

Instant délicieux, sans savoir qu'elle y aspirait !

Son hôte l'aperçoit.

– Bonjour Madame Camille, avez-vous bien dormi ? Le petit déjeuner vous attend juste là. Il désigne une petite table ronde blanche en fer forgé et déjà garnie de produits « fait maison » qui vont lui réveiller les papilles.

– Bonjour ! Merci beaucoup j'ai très bien dormi et j'ai faim !

Elle savoure ce moment avant de poursuivre. Cette halte lui a fait du bien et elle est en forme pour affronter la route qui va être longue. Elle a décidé de descendre le plus loin possible vers le sud jus-qu'à ce que son corps et son attention ne puissent plus être vigilants au volant. Elle a mis sa playlist « voyage » en écoute, un bonheur de sons, elle roule tranquille mais son esprit ne fait que s'agiter !

Elle n'avait pas réalisé que cette exigence d'aller de plus en plus loin grandissait au fil des kilo-mètres. Passer la frontière devint une obsession. Voir comment c'est de l'autre côté de la montagne. C'est pour elle un sentiment qui rejoint l'interdit, le cadre, toujours ce cadre à ne pas fissurer pour ne pas s'écailler, celui qu'elle s'est imposé depuis son adolescence. Depuis cette époque, elle est docile, accepte, s'adapte au prix du sacrifice de ses vibrations profondes qu'elle a négligées et même enfouies.

Ça foisonne, ça fourmille, ça n'arrête pas de se présenter à elle sur le bitume de l'autoroute. Qu'est-ce que j'ai loupé ? Que je ne sais pas faire, dire ? Pourquoi je me laisse embarquer dans le désir de l'autre ? Je navigue dans un espace où j'ai le sentiment que je décide ce qui est bon pour moi. C'est confortable, rassurant, j'en tire un « bénéfice » car cela apaise mes peurs et garantit la stabilité. Comme ma vie avec Antonin. Ce n'est qu'une illusion ?

Pas de réponse, Camille reste sur ces points d'interrogation quand la nuit tombe. Elle trouve un hôtel dans la banlieue d'une ville qu'elle quittera dès le lendemain matin, la montagne est derrière elle !

Sois !

La lumière au bout de soi
Là où le rêve est l'acteur d'une vie cachée.

La solitude intérieure ravive les couleurs de l'Être
Rien de triste, une douceur ouatée, fébrile,
présente

À chaque instant que l'attention se pose
Tel un papillon sur l'épaule
Je sais qui tu es
Où je suis
Si près
À entendre le souffle du vent sur la peau
Si douce

La parole absente
La voix demeure

Chapitre IV

C'est le lendemain que Camille rencontre Bellavilla, ville baignée par les canaux concentriques et survolée par les cerfs-volants. Ses yeux s'écarquillent à cette vision surprenante et inattendue !

Trouver un endroit où se poser, elle doit se laisser le temps de découvrir cette cité qui déjà la submerge de curiosité !

Ce ne fut pas difficile, dans ce qui semble être le centre-ville elle peut y faire son choix, les propositions aux enseignes accueillantes se succèdent ! L'hôtel « Come to Bellavilla », parfait se dit-elle !

Installée dans cet espace aux couleurs traditionnelles, sous la couette ouatée de douceur, Camille est impatiente du lendemain.

Le soleil du matin caresse son corps dès la sortie de l'hôtel, elle est prête à arpenter les rues de Bellavilla ! Elle fait confiance à ses pas qui la mèneront au milieu des rues qui serpentent et s'ouvrent à un univers qu'elle ne connaît pas.

Là, des vitrines qui exposent des pierres : agate, onyx, chrysoprase, et d'autres variétés de calcédoine. Plus loin, des échoppes qui semblent improvisées où on cuisine la chair de faisan doré sur la flamme du bois de cerisier sec saupoudré de beaucoup d'origan.

L'odeur qui s'en dégage est un voyage. Elle descend les rues, imprégnée de ce parfum et croise des femmes qui prennent leur bain dans le grand bassin d'un jardin et qui parfois – dit-on – invitent le passant à partager ces ablutions improvisées et les pourchassent dans l'eau !

Camille est subjuguée de les voir offertes aux rires cristallins, aux seins généreux et dont le ventre se fait le réceptacle de ceux qui le respectent. Dans la sonorité de l'eau brassée, elle reçoit les effluves humides des gouttelettes de leurs mains, si habiles à préparer les mets dont chaque voyageur goûte la saveur. Plaisir de la bouche, plaisir de la chair, désir inassouvi que les papilles transforment à l'infini.

Au fil de ses pas, Camille sent l'odeur du jasmin qui s'épanouit dans les jardins fleuris mêlée à ce doux parfum, suave, de la glycine qui orne chaque porte.

Une quiétude qui invite au bien être, à la grandeur de l'être. Camille est joyeuse, elle sourit parmi les autres, dans les rues, les marchés, autour des fontaines, elle est cette petite fille insouciante.

Une envie de parler, de toucher qui n'est autre que celle de mordre dans la vie comme on mord dans la pomme que lui offre Bellavilla.

Son regard se hisse plus loin et elle voit alors tous

les possibles : ceux qu'elle ressent et ceux qui lui sont inconnus.

Sans résistance aucune, elle se laisse porter afin de pouvoir prétendre se saisir de sa densité.

La ville lui apparaît comme un tout dans lequel aucune âme ne vient se perdre, mais se trouver et elle en fait partie.

Bellavilla n'est que désir. Elle exige que l'on se doit de vivre tous ses plaisirs et d'en jouir.

On croit la contenir, c'est elle qui nous pénètre…

On croit la posséder, c'est elle qui nous suggère…

On croit être son maître, c'est elle qui nous soumet…

Elle montre le chemin au voyageur qui a égaré ses sens. Envoûtement salutaire dans ce monde où tout se perd, jusqu'à l'essence, le suc de la jouissance.

Camille est fascinée par toutes ces sensations inconnues et insoupçonnables qu'elle découvre en elle.

– Comment est-ce possible de ressentir une telle effervescence ? crie-t-elle face à la ville juste en bas après avoir gravi un petit sentier qui mène à un espace arboré, serein.

Puis elle rentre, exténuée par ces kilomètres parcourus mais heureuse d'avoir traversé toutes ces découvertes qui l'ont laissée dans une agréable ivresse.

Le hall de l'hôtel est calme, la décoration sobre, les couleurs harmonieuses. Elle s'assied, n'ayant pas envie de remonter immédiatement dans sa chambre, pour profiter encore un peu de tout ce qu'elle a ressenti au fil de ses pas dans la ville.

À côté d'elle des prospectus sont mis à disposition des clients.

Elle regarde le présentoir sans curiosité particulière, balaye des yeux les flyers et dépliants, un seul accroche son regard. Il présente une photo en premier plan d'un char à voile avec en arrière-plan la mer. Camille s'en empare et constate qu'il propose une découverte de cette activité, une heure d'exaltation intense à la portée de tous !

Pourquoi pas ? Elle a entendu un de ses collègues raconter son séjour au bord de la mer et avoir expérimenté cette activité. Il en avait fait une description de plaisir que Camille n'avait pas vraiment saisi. Trop loin de sensations qu'elle aurait déjà pu vivre pour se l'imaginer.

– C'est facile et le plaisir est immédiat ! Avait-il lancé à la volée !

Elle se lève, s'approche du réceptionniste qui était affairé à ses tâches :

– C'est loin d'ici « Camino » ? lui demanda-t-elle en présentant le dépliant.

– Non Madame, c'est à une cinquantaine de kilomètres vers l'ouest. C'est un très bel endroit, avec de grandes plages de sable. Vous trouverez toutes les informations concernant les hôtels et chambres d'hôtes sur ce dépliant. Tenez, vous voyez, il y a beaucoup de lieux où loger ! lui répond-il, visiblement content d'avoir exprimé une réponse qui satisfait la cliente.

– Finalement, je prends la route demain matin, merci !

Un coup de tête ? Non, un coup de cœur ! Camille remonte dans sa chambre. Il y a tellement longtemps qu'elle n'a pas vu la mer !

Elle se souvient, il y a quatre ans, ils étaient allés avec Antonin quelques jours sur la côte, en bord de mer. Un séjour de plage, de sable, de vagues, ciel bas mais pas menaçant, des belles éclaircies, de grandes étendues désertes, c'était hors saison. L'air marin avait accompagné et coloré la complicité de ce moment amoureux.

Ce soir dans sa chambre, Camille rêve à ce lendemain qu'elle n'avait pas prévu. Le sourire lui vient. Maintenant elle rit, seule dans son lit et se blottit dans les draps. Demain est un autre jour.

Souffle

Éperdument jaillissent les étoiles couleur de lune
Au crépuscule des frissons abyssaux
À l'aurore de ces matins flamboyants en devenir
Souviens-toi de la mer lavée par la vague
Les fleurs de la nuit se nouent
Dans la confidence des sexes abandonnés au plaisir
Essoufflé désert immensité
Redécouvre la main
Arabesque subtile
Sur le chemin s'unissent les regards
Advient la terre des rives dans l'espace du souffle en suspens

Chapitre V

La matinée respire la route, la voilà partie ! Camille monte le son de sa playlist « Voyage » et démarre.

Elle ne s'arrête que lorsqu'elle est devant la jetée face à la mer. Son souffle se rétrécit un instant, sa poitrine se regonfle face à cette vision d'immensité. L'océan !

Elle gare sa voiture, sort, écoute. C'est dans le bruit des vagues que l'on entend la mer. La voix du ventre, vibrante. Musique chaloupée, rythmée, qui ne demande qu'à s'exprimer. Camille se remplit sans limite de cette sensation qui frétille sur le grain de sa peau.

Trouver où dormir. Elle a confiance, il suffit d'être attentive et laisser son intuition parler.

C'est fait, un petit hôtel pas très cher avec chambre vue sur la mer ! Elle jette sa valise dans un coin et se précipite sur la fenêtre, l'ouvre en grand, le sourire illumine son visage. Pas autant que la lumière face à elle !

« Pas de temps à perdre pour trouver un magasin où acheter de quoi se faire un pique-nique en soirée sur la plage ! »

Chargée de quelques plaisirs gustatifs, Camille passe les petites dunes. Le sable est encore chaud de cette journée printanière. La marée est haute, l'air est bon, un peu frais, elle a bien fait de prendre un pull. Elle respire à pleins poumons les effluves des vagues.

Elle marche vers elles d'un pas décidé et joyeux, avide de sentir l'eau glisser sur ses pieds, ses mollets, puis jusqu'aux genoux !

Camille reste là quelques instants avant de retourner vers ses affaires qu'elle a laissées au bas d'une petite dune.

S'étale devant elle le coucher de soleil escorté de quelques nuages cotonneux. Le ciel s'embrase tout à coup. Un ensemble de couleurs composé de nuances d'oranger tirant vers le rouge puis le violet s'étire dans le bleu délavé du ciel et s'accroche aux nuages. Un vrai spectacle son et lumière ! Bien sûr, petit à petit, le soleil tombe dans l'eau !

Camille déguste le repas improvisé en contemplant le lever de la pleine lune qui maintenant se reflète dans l'eau, la mer a commencé à se retirer doucement, les vagues se font plus silencieuses, elle laisse sa pensée s'échapper vers le souvenir de son départ. Antonin l'avait regardée les yeux hagards, elle s'était détournée pour ne pas être aspirée par sa tristesse. Elle sentait bien qu'il voulait lui parler, lui dire « reste là, avec moi ! ». Impossible, c'est aujourd'hui que notre chemin se sépare, il n'y a plus rien à dire.

Elle se lève subitement, range le tout dans son sac avec détermination. Pas question de se laisser saisir par le regret ou par ces yeux de tendresse désespérée qu'Antonin lui a lancés comme un appel au secours !

– Je suis très égoïste, à ne penser qu'à moi, mon petit nombril ! crie-t-elle à la mer.

Après une bonne douche, calée dans les draps de son lit, Camille se dit qu'elle se renseignera le lendemain sur les cours de char à voile.

Une nuit troublée de rêves insensés, à l'aune de sa décision qui ne la laisse pas sans culpabilité. Son réveil fut au diapason du lever du jour. Il n'y a pas que les draps imprégnés de sa sueur, il y a aussi son esprit qui peine à voir clair. Camille se lève, l'eau ruisselle sur sa peau, une pluie de gouttes lavent son âme. Cela l'apaise comme une caresse indulgente et bienveillante. Enfin elle se calme.

Elle s'apprête pour descendre prendre un petit dé-jeuner, comme tout le monde ici. Des « bonjours », « bonne journée » fusent de part et d'autres. Ca-mille revient sur terre. Son programme est élaboré avec la saveur d'un bon café.

Déjà, appeler le centre nautique de Camino pour avoir des informations sur les cours de char à voile.

– Allo ? Oui bonjour, je souhaiterais savoir s'il est possible aujourd'hui ou demain de prendre un cours de char à voile.

– Bonjour Madame, aujourd'hui le temps est idéal et la marée basse sera favorable pour une séance à 14 h. Répond une voix masculine.

– Très bien, mais faut-il un équipement particulier ?

Camille réalise qu'elle n'a qu'une paire de basket, un jogging et un tee-shirt...

– Prenez une tenue confortable, nous fournissons les gants et la combinaison car il fait un peu frais en cette saison !

– Merci, c'est OK, je réserve le cours pour 14 h !

– À tout à l'heure donc, c'est noté madame !

Voilà, c'est fait. Ce fut simple se dit Camille toute revigorée, avec malgré tout une petite appréhension face à cet inconnu. Elle n'a jamais osé s'aventurer dans des activités de ce genre, persuadée qu'elle ne pourrait en aucun cas avoir une quelconque compétence pour s'en sortir sans dommages !

Il est 14 h, le petit groupe de personnes se dirige vers la plage. Les chars sont rangés les uns à côté des autres. Un circuit est constitué de plots. Le moniteur explique le parcours qu'ils vont devoir faire. Il fait remarquer que si les chars ne roulent pas, c'est que leur voile est face au vent !

– N'oubliez pas, si vous mettez la voile face au vent, vous vous arrêterez. Donc si vous êtes perdus et affolés, n'hésitez pas, placez-vous face au vent et tout ira bien !

Ah !! ça ne rassure pas vraiment Camille : cet engin peut s'emballer ?

Elle est installée dans le char, à moitié allongée, les pieds sur des pédales, la voile bien face au vent, les mains gantées agrippées à la corde qui passe par des poulies, vêtue d'une combinaison, lunettes de soleil sur le nez. Le cours commence…

Au début, elle met un peu de temps à comprendre toutes les informations que le moniteur énumère en s'adressant aux novices. En bonne élève attentive, elle fait les manœuvres qui devraient faire rouler ce char. Le vent s'engouffre dans sa voile du côté gauche, la corde se tend, Camille réagit, résiste pour maintenir le boute dans ses mains. Incroyable, le char se met en branle et il roule sur le sable ! Elle prend de la vitesse, cela l'effraie. Ses bras se crispent.

– Lâchez un peu la corde Madame ! lui crie le moniteur.

Ce qu'elle fait immédiatement mais voilà qu'il va falloir négocier le virage pour faire le tour du plot ! Alors, elle doit appuyer sur la bonne pédale pour tourner à gauche, lâcher un peu la corde, laisser passer la voile de l'autre côté, retirer un peu sur cette corde et repartir en ligne droite ! Jusqu'au prochain plot où il faudra refaire la même manœuvre.

Camille s'en est pas mal sortie, elle est fière d'elle ! Très concentrée, un peu tendue, elle aborde le deuxième plot. Ouf, bien négocié aussi celui-là !

Quelques tours et puis l'automatisme des gestes est là, pas de maîtrise mais quand même !

– Ouahhh ! se met-elle à crier, sur la ligne droite, en prenant de la vitesse. C'est grisant !

C'est à ce moment qu'un autre char la dépasse. Un homme au visage hilare la regarde. Elle est piquée au vif, presque vexée. Ah, il veut faire la course ? Qu'à cela ne tienne, elle le poursuit. Quelle satisfaction de le dépasser juste après un virage, lui, n'a pas su le négocier ! Elle lui adresse un sourire qui en dit long sur sa satisfaction.

Le temps passe vite, c'est déjà l'heure de la fin du cours. Ranger le matériel, plier la voile, Camille se dit qu'elle revivra cette expérience.

Pour l'instant, elle a besoin de se délasser sur le sable chaud, ses muscles sont endoloris par tant de mouvements.

Elle vient de vivre des sensations qui la submergent encore. Elle n'en revient pas d'avoir pu « maîtriser » cet engin qui ne demandait qu'à en faire qu'à sa tête ! Gérer la prise au vent, la direction, les virages, la vitesse, tellement de choses à faire simultanément ! Quelle liberté ! Elle regarde la mer qui reprend sa place sur la plage, lentement, les vagues sont de plus en plus imposantes et écrasent les châteaux de sable éphémères.

Elle sourit largement, se félicite d'avoir vaincu ses peurs ! Un moment de bonheur, une quiétude lumineuse rayonne dans tout son être. Là, elle a l'impression de s'être trouvée, sans chercher, sans courir, sans attendre. Son émotion est forte, difficilement contrôlable. Il lui faut respirer lentement pour apaiser la vibration.

– Mais qu'est-ce que c'était chouette cette découverte ! Des mots qui claquent à son oreille et la ramènent à l'instant présent !

Un homme se tient à côté d'elle, sourire aux lèvres.

Mais oui, il faisait partie du petit groupe ! C'est lui qui la narguait et la provoquait !

– Ohhhh ! Oui, j'ai beaucoup aimé. répond-elle pour donner le change.

– Je m'appelle Mattéo ! Et vous ? Je ne vous dérange pas ?

– Non, non... Moi, c'est Camille. Vous vous êtes bien débrouillé sur le char, vous sembliez bien à l'aise. C'était sympa ce petit challenge dans les derniers tours.

– Vous avez dirigé cet engin avec brio !

Leur conversation débute par des banalités puis se poursuit par des échanges où chacun a dévoilé ses centres d'intérêts et parlé de soi. Ils sont de la même génération, c'est facilitateur pour rebondir sur les paroles de l'un et de l'autre. Ils échangent leurs richesses qui dialoguent entre elles, qui s'écoutent, qui se surprennent, entrecoupées de rires complices. L'après-midi défile, il est déjà 18 h !

– Il se fait tard, je vais rentrer, d'autant que la température baisse et que j'ai besoin d'une bonne douche ! prononce Camille après un moment de silence dont elle saisit l'opportunité pour mettre fin à la conversation.

– Oui, c'est vrai. Ce soir, nous allons avec quelques amis dans un bar où l'on peut grignoter et danser. Cela vous dirait de venir avec nous ? Vous avez peut-être déjà prévu quelque chose... propose Mattéo sur le ton de l'invitation.

Camille hésite, a-t-elle envie de passer la soirée en compagnie ou seule ? Mattéo lui est sympathique, il n'est plus vraiment un inconnu avec tout ce qu'ils se sont dit. La proposition semble honnête.

– Eh bien pourquoi pas ! Je n'ai rien prévu et je serais ravie de rencontrer vos amis ! -Qu'elle heure et quel endroit ?

Le visage de Mattéo se fend d'un large sourire.

– Dans le centre-ville, au « Poncho caliente » à 20 h, ça vous va ? Vous trouverez facilement, la devanture ne passe pas inaperçue !

Arrivés à leur voiture, ils se séparent et se disent « à tout à l'heure » !

Sous la douche, s'écoule le bien être de l'eau sur sa peau. Sa pensée est absorbée par la perspective de cette soirée. Elle ne veut pas se poser de questions qui risqueraient de lui faire changer d'avis au dernier moment. Elle sait qu'elle est adepte de ce genre de réaction lorsque la peur de l'inconnu la tiraille.

Prête maintenant, Camille est rassérénée par le choix de la robe qui lui va à ravir, juste un maquillage léger qui soutient ses yeux couleur noisette, le teint halé pris aujourd'hui est suffisant pour une bonne mine ! Ce soir elle se trouve belle, cela faisait longtemps qu'elle n'avait eu ce sentiment. Un peu de fatigue vu la journée sportive qu'elle vient de passer mais remplie d'émotions dynamiques. Il est 19h30, « Poncho Calliente » est à deux pas, elle a le temps de se poser un peu, car elle n'a pas arrêté depuis qu'elle est rentrée.

Sa pensée surfe sur le souvenir de sa vie d'avant son départ. Depuis des mois, ses yeux sont cernés de lassitude, de stress, ses nuits sont courtes, les journées sans répits, devant assurer une présence et une compétence sans failles. Le matin devant la glace en se lavant les dents, son regard était presque éteint, son corps s'alourdissait d'un quotidien dont elle ne maîtrisait plus les instants, les avalants sans appétit. L'empreinte est toujours vivante, pas si loin. Ce soir c'est juste l'amorce d'un étant là qu'elle explore.

Il est 20 h, Camille aperçoit Mattéo, quel soulagement ! C'est son ancrage du moment ! Leurs regards se croisent, ses yeux s'ouvrent en la voyant et révèlent qu'il la trouve séduisante. Il est entouré de quatre amis, deux couples, lui est seul.
Les présentations faites, ils s'installent à une table ronde déjà garnie de couverts et très vite de pastillas. Les verres s'entrechoquent « à notre santé et au plaisir de se rencontrer ! » La musique accompagne la commande de mets locaux à venir ! Mattéo regarde Camille de ses grands yeux noirs, accueillants, d'une profondeur dans laquelle elle se laisse aspirer, un instant.
Son corps frissonne. Surprise par cet effet épidermique elle fait diversion en piquant dans une olive aux herbes. Hum ! C'est bon. Son trouble la laisse dans une vibration de plaisir, lequel ? Celui des papilles ou celui du sourire de Mattéo?
La musique se fait soudainement plus présente. Un effet de son ou bien les quelques gorgées de ce délicieux morjito ? Mattéo lui tend la main, invitation

qui la décide à se lever et saisir celle de ce beau cavalier.

Leurs corps, au début distants, se rapprochent doucement, chaloupés par un rythme gorgé de soleil et de sensualité. L'ondulation répond à cet instant de communication dans la danse, le regard, le sourire, le rire. Les corps qui se découvrent par des effleurements. Le moment est plein, rien ne s'échappe, tout l'être attentif à la respiration de l'autre. Un diapason ponctué par les notes qui vibrent aux oreilles et descendent fébrilement dans leur être tout entier. Le mouvement est harmonieux. L'un et l'autre anticipent et accompagnent. Un pas de deux ?

Une émotion à laquelle elle ne s'attendait pas. Et puis voilà, c'est la magie de la rencontre. Se laisser porter, un transport qui étonne, surprend. Les yeux de Mattéo l'abordent dans les profondeurs du désir. Les siens répondent dans un accueil avec demande d'accuser réception, ce qui ne se fait pas attendre, un baiser sur ses lèvres vient se déposer délicatement. Elle voit bien dans son regard interrogatif « Je peux ? Moi je veux ! » Camille rit « Mais oui ! ». Elle est dans cette attente.

Dans un élan partagé les corps à corps se resserrent, leurs lèvres sont chargées de désir. Les mains de Mattéo se font rassurantes, caressantes, enveloppantes. La musique s'achève, le recul des corps est gêné, ils se sourient.

Les amis de Mattéo les attendent à table, Camille relève dans leur regard un étonnement mais aucun commentaire ne suit. Les plats viennent d'être servis. Ils mangent avec envie, la discussion est animée de plaisanterie, de ce séjour printanier au bord de mer, excellente période pour profiter tranquillement de tout ce que cette petite ville de Camino offre à visiter et découvrir.

Heureusement pas de sujet de discussion sur sa vie, ce qu'elle fait ici, etc. Très bien ! Camille n'a aucune envie de parler d'elle !

La soirée s'achève sur ce dîner convivial rempli de bonne humeur et de légèreté.

Camille et Mattéo échangent un regard interrogatif, que faisons-nous ? C'est lui qui se lance.

– Je peux te raccompagner si tu veux, ça me fera du bien de faire une petite promenade digestive et cela me ferait plaisir.

– Heuuu, oui, avec plaisir, répond Camille.

Les amis, discrets ne font à nouveau aucun commentaire, chacun se salue en se disant que cette soirée ensemble a été très agréable !

Sur le chemin Camille prend la main de Mattéo.

L'invitation qu'il lui a faite ne pourra pas être sans suite. Elle désire découvrir, se lancer, grisée par l'ambiance de la soirée et le délicieux petit vin du coin. Mattéo lui adresse un grand sourire.

– Merci Camille ! Il est délicat, attentif, respectueux.

La pleine lune est au milieu du ciel. Elle éclaire la chambre, pas besoin de lumière artificielle. La fenêtre est ouverte pour profiter des bouffées d'air frais qui remplissent la pièce.

S'autoriser la rencontre de leurs corps comme un tâtonnement, une approche délicate. À fleur de peau, Camille sent la caresse des doigts de Mattéo entre ses cuisses offertes, ouvertes, effleurant ce qui est si désirant en son être. Elle entend son murmure du désir, devine son sexe dur sur son ventre.

Elle ressent la vibration de son corps dans ce qu'elle se permet de vivre en elle pour atteindre le plaisir, guide d'une jouissance, jaillissante, proche. C'est une façon pour elle de se dire… et il l'écoute, l'entend, dans un murmure avec l'envie de percevoir le son de ses vibrations qui anime son corps. C'est un tâtonnement, une approche délicate de sensualité. Ils sont à l'unisson de la rencontre dans leurs mouvements.

Ses mains perçoivent le grain de sa peau, ses lèvres soupirent et aspirent à le caresser, sans retenue. Ils vibrent de désirs multiples. Leur extase se rejoint, le regard aussi dans ce sublime instant pour ne rien perdre du partage.

Le petit jour n'est pas loin. Ils s'endorment en câlins. Juste vivre l'instant présent. Peu de paroles, elles sont inutiles. L'émoi des corps dans l'empreinte des jouissances n'a pas de mots.

Camille se réveille sereine, à côté d'elle le vide du lit ! Mattéo est à la fenêtre, il respire l'air du matin qui déjà est avancé mais contient encore de la fraîcheur. Il se retourne souriant et accueillant. Il lui tend la main.

– Un petit déjeuner sur le port ? Qu'en dis-tu Camille ? Tu es très belle au réveil.

– Ce sera plutôt un brunch vu l'heure ! répond-elle

avec un rire spontané et heureux.

– Petit déjeuner brunch, il me tarde de savourer ce moment avec toi dans le prolongement de cette nuit Camille !

Les voilà attablés dans un décor idéal sur une terrasse vue sur la mer. Le temps est au soleil de 11 h du matin, juste un peu frais mais lumineux. Ils passent commande dans la bonne humeur s'extasiant l'un et l'autre sur la splendide étendue de sable, la mer est basse, tranquille, comme leurs sourires.

– Camille, il faut que je te dise quelque chose, prononce Mattéo avec douceur.

– Euh, oui, je t'écoute ! répond Camille avec un regard interrogatif.

– Merci Camille, pour moi, les vacances se terminent. Avant, je voulais absolument tester le char à voile. Et je t'ai rencontrée, j'ai été éberlué de te voir sur cet engin que tu maniais avec tant de plaisir ! J'ai aimé tout de suite ton rire heureux ! J'ai eu envie de t'aborder, discuter, te découvrir un peu plus. Tu connais la suite…

Mattéo fait une pause. Ses yeux sont doux. Camille s'y laisse flotter. Elle reste silencieuse. Mattéo poursuit.

– Je vais rentrer cet après-midi.

Il est attentif à la réaction que cela pourrait provoquer chez Camille. Elle lui sourit.

– Déjà ? finit-elle par prononcer. Je me doutais bien que notre rencontre serait une histoire sans suite, mais je ne pensais pas que cela arriverait aussi vite. C'est peut-être mieux ainsi. Nous avons pris ce qui se présentait à nous pour des raisons qui sont les nôtres. Je ne suis pas triste Mattéo.

Dans ses yeux, elle perçoit un soulagement. Certainement que vivre un moment unique garde toute sa fraîcheur, son intensité, sa part d'inoubliable.

– Je ne regrette pas un instant d'avoir osé t'aborder et de t'avoir proposé de poursuivre la soirée ensemble ! La nuit intense que nous avons partagée restera dans ma mémoire, poursuit Mattéo dans un souffle de tendresse.

– Je n'ai aucun regret non plus ! Bien au contraire ! lance Camille avec un sourire rempli de tendresse.

Mattéo prend une grande respiration. Il est rassuré, il ne souhaitait pour rien au monde que Camille pense de lui qu'il avait « profité d'elle » comme un gougeât.

– Et toi ? Tu restes encore quelque temps ici ? dit-il pour ne pas laisser s'installer la gêne de la séparation.

– Je ne sais pas, plusieurs jours certainement, peut-être plus. Je suis sûre qu'il y a plein de choses à voir aux alentours. Je n'ai pas envie de prendre la route tout de suite, le coin est magnifique. Je crois que je vais jouer les touristes ! À quelle heure pars-tu ? Avons-nous le temps d'une petite promenade sur la plage ?

– Je prends la route d'ici une heure, mes affaires sont prêtes, je les charge dans ma voiture et allons fouler le sable mouillé !

Ils cheminent main dans la main, les pieds nus, au

bord des vagues en étale. L'eau est fraîche, une brise légère fait onduler les cheveux de Camille. Ils respirent fort ensemble, se regardent, éclatent de rire ! Ils sont silencieux, profitent de cet instant de liberté.

De retour à la voiture de Mattéo, ils s'enlacent avec émotion.

– Nous n'avons pas échangé nos numéros de téléphone !? dit Camille, réalisant le côté absurde de ce qu'elle vient de dire. Mais non pas besoin, inutile.

– Tu as raison Camille, ma douce !

Il lui dépose un baiser sur les lèvres, sur le front puis s'installe dans sa voiture et démarre. La vitre baissée, il lui fait un grand signe de la main. Elle y répond, souriante. Il est parti.

Camille se retourne vers la mer et décide de retourner sur la plage. Tout ça, trop vite, trop fort la laisse dans un espace vide. Que va-t-elle faire de son après-midi ? Ici et maintenant elle se sent perdue.

Cet état heureusement n'a pas duré longtemps, ses pieds dans l'écume des vagues qui s'étirent jusqu'au bout de leur souffle la remplissent de quiétude. Elle regarde l'empreinte de ses pas lorsqu'elle fait un écart sur le sable mouillé. Elle joue avec le va-et-vient de l'eau qui s'avance comme pour la provoquer. Très bien, elle relève le défi ! Elle poursuit la vague qui se retire et fuit lorsqu'elle revient ! Tout en avançant en petit pas de course elle navigue, ravie de tenir le cap malgré l'essoufflement qui grandit. Mais elle n'a pas le dernier mot, la voilà avec de l'eau jusqu'au milieu du mollet ! Ce qu'elle n'avait pas évalué dans ses déplacements c'est que la mer gagne du terrain en marée montante !

Tout à coup Camille se retourne, regarde derrière. « Mais je suis loin ! » La plage est si grande. Elle décide de revenir, convaincue par la mince bande de sable sec subsistante qui caresse ses pieds et file entre ses orteils.

Le retour lui semble long, peut-être parce qu'elle peine à marcher dans le sable. Voilà enfin la petite jetée où se trouve l'escalier qui mène à l'hôtel.

Son téléphone sonne.

Elle le cherche fébrilement dans son sac, Mattéo ? Mais non pas possible réalise-t-elle en une fraction de seconde, ils n'ont pas échangé leur numéro ! Un nom s'affiche : Antonin ! Camille décroche sans réfléchir comme elle en avait l'habitude, avant.

– Bonsoir Camille, je ne te dérange pas ?

– Heu… non, non… Sans savoir que répondre, prise au dépourvu.

– Écoute, je sais que nous avions convenu que nous n'aurions pas de contact. Mais je suis inquiet pour toi et je dois te l'avouer, c'est difficile pour moi cette séparation. Ma vie depuis que tu es partie ? Je tente de la rattraper chaque matin, de faire comme si de rien n'était au boulot, inventer une histoire du genre « Camille va bien, elle avait simplement besoin de partir pour respirer un peu ». Moi, je suis en dessous du niveau de la mer. Nos petites soirées cocooning plateau repas du week-end, les balades au parc, les cinés que nous avions plaisir à commenter, ton sourire, tes rires et même tes railleries, tes colères, nos disputes, ton corps aussi, nos nuits savoureuses, les matins difficiles pour aller travailler, le quotidien des courses, des lessives, ta présence le soir en rentrant, toujours chaleureuse… tu me manques Camille. Au final, je ne comprends pas pourquoi tu as voulu partir. On était bien, non ? Tout roulait entre nous, rien de compliqué en fait. Certes un rythme de vie un peu speed avec le boulot, mais nous nous étions octroyé l'un et l'autre des temps de vie rien que pour soi, pour se détendre et faire ce qui nous plaisait. Et puis les chouettes moments avec nos amis ! Silence…

Camille écoute cette tirade lâchée dans un seul souffle. Beaucoup de mots qui arrivent là à ses oreilles, son cerveau a du mal à suivre. Que peut-elle répondre ? L'émotion en elle que ces paroles auraient dû provoquer n'est pas au rendez-vous, elle en ressent presque de la culpabilité.

– Allo ?

La voix d'Antonin rejaillit.

– Oui Antonin, je suis là, je t'écoute. L'urgence de répondre. J'entends bien tout ce qui est pour toi difficile à vivre en ce moment, je le comprends. Nous avons beaucoup discuté, tu connais les raisons pour lesquelles je suis partie. Et là encore, je dois continuer ma route. Je suis désolée que tu sois si affecté et malheureux, mais je ne peux pas y faire grand-chose ni revenir pour l'instant. Je pensais que tu avais compris mon besoin vital de rompre avec tout ce qui constituait mon présent. C'est salutaire, tu le sais, pour nous deux. Notre relation de couple n'était plus qu'un vernis, faite d'un quotidien d'habitudes et de routine.

Aucune autres paroles ne lui viennent à l'esprit. Elle sait, ce n'est pas ce que Antonin veut entendre. Mais comment faire autrement ? Inaccessible pour elle de dérouler plus encore le fil des raisons de son départ.

– C'est tout ce que tu as à me dire ?

– Oui.

– Moi je suis au fond et toi tu me laisses couler !!! crie Antonin. Mais tu es égoïste, tu ne penses qu'à toi ! Tu es partie te prendre du bon temps pendant que moi je rame ! Tu es où en fait ? Ah oui, tu as trouvé des mecs qui te montent au septième ciel et qui t'en promettent ! C'est ça ? Eh bien profites-en, ça ne durera pas tu sais ! Il faudra bien que tu reviennes à la réalité de ta vie, qui est ici ! En fait je me suis trompé, moi qui croyais que tu m'aimais ! Tu m'as bien berné, salope !

Antonin raccroche.

Camille est secouée par cette violence et reste éberluée un moment, le téléphone à la main, le regard hagard.

Ce n'est vraiment pas ce qu'elle voulait provoquer. Qu'a-t-elle dit qui ait pu mettre Antonin dans une telle colère avec des propos si vifs et insultants ? Il n'avait jamais eu de telles paroles.

Elle se l'explique par son état de mal être que génère leur séparation mais surtout elle refuse ce sentiment de culpabilité qui ne demande qu'à se faire entendre. Non elle ne peut pas prendre à son compte la souffrance qu'il vit aujourd'hui. Cette situation, ils l'ont construite peu à peu dans leur quotidien. Et puis, n'a-t-elle pas le droit de penser un peu à elle, prendre soin d'elle ?

La tristesse lui serre le cœur tout à coup. Sa profonde affection pour cet homme qui a partagé sa vie plusieurs années, est toujours présente. C'est vrai, elle se souvient lui avoir dit en partant « Je t'aime » mais le doute s'installe : s'agit-il d'amour ?

La fin d'après-midi s'annonce. Elle est si éprouvée d'avoir traversé tous ces états d'émotions qu'elle perd une partie de sa lucidité. Ne pas se laisser envahir par la confusion, reprendre le fil d'Ariane, le guide intérieur se dit-elle intimement.

La lune, la vie, le reflet

La vie est comme le reflet de la lune dans l'eau.
Qu'elle est la vraie lune ?
La lune c'est comme le reflet de la vie dans l'eau
Quelle est la vraie vie ?
Quelle est la vraie lune ?
Celle du reflet de la vie dans l'eau
Quelle est la vraie vie ?
Celle de la lune dans le reflet de l'eau
La lune n'est que la vie ou son reflet
Celui qui est dans l'eau
L'eau, la vie, la lune
Où est le reflet ?

Chapitre VI

« La vie est comme le reflet de la lune dans l'eau. Qu'elle est la vraie lune ? Pour devenir pleinement soi-même, il faut cesser d'être ce que l'on est ».

Dans le miroir nous voyons le reflet de notre corps, des autres, des objets. De la même manière, tout ce que nous voyons « à travers notre esprit » est une image mentale. C'en est ainsi pour toutes nos perceptions. Le reflet est partiel, il dépend du point de vue et de notre position. Nous avons avantage à retirer un peu de « solidité » à notre réalité. Les phénomènes qui apparaissent à notre esprit sont perçus différemment par l'esprit des autres personnes. Nos peurs, nos doutes, nos souvenirs ne sont pas aussi solides qu'on le croit. Ce ne sont que des « images », un mirage pour répondre à notre soif que l'égo nous impose.

Deux jours que ces phrases, entendues lors d'une émission à la radio trottinent dans la tête de Camille, en ritournelle comme l'air d'une chanson qui s'impose dès le matin et ne vous lâche pas de la journée !

Deux jours que quelque chose doit en sortir ! Et ça depuis qu'elle se regarde longuement dans le miroir et observe attentivement son visage le matin et le soir lorsqu'elle se lave les dents. Elle y aperçoit des rides naissantes autour de ses yeux et de sa bouche.

- Ohhh, quelle « sale » tête, fatiguée, les yeux cernés ! dit-elle à haute voix. C'est moi ça ou bien est-ce mon reflet ?

Assise face aux vagues de l'océan, les pieds nus dans le sable, elle contemple l'horizon. Elle ne s'en lasse pas. C'est le meilleur moment, propice au monologue intérieur.

« Qui je suis dans la vie ? Le reflet de la lune dans l'eau ? Cesser d'être ce que je suis, cesser d'être le reflet pour devenir pleinement moi-même ? »

Que se passe-t-il en elle ? Cette remise en question la bouscule et pourtant, malgré la peur, tapie là, sournoisement comme un guetteur, elle sait intuitivement que ce voyage a été nourri et maturé par cette volonté de rencontrer ce qui la constitue, elle.

Quitter le masque qui colle à sa peau avec résistance. Bas les masques, suffit la ritournelle ! Les peurs ne sont effrayantes que parce qu'on les laisse nous guider ! À les regarder sans détour, elles deviennent inoffensives, presque accueillantes.

Camille est partie de l'hôtel. Son envie est de s'offrir du temps à savourer les vagues du répit.

Elle choisit une grande maison d'hôtes d'un style « pension de famille » tenue par des français, ce qui va faciliter la communication étant donné son manque de maîtrise de la langue autre que celle de sa terre natale, c'est parfait ! L'ambiance est plus conviviale, chaleureuse, du passage, des rencontres, des échanges accueillants avec les propriétaires, c'est ce dont elle a exactement besoin en ce moment, un cocon qui lui offre une sécurité douillette.

– Bonjour Madame Camille ! Vous avez bien dormi ? La journée va être belle avec ce soleil ! lance Anne avec un grand sourire en apportant le café chaud. C'est quoi votre programme aujourd'hui ?

– Merci Anne, j'ai très bien dormi et votre café est chaque matin toujours aussi bon ! Aujourd'hui ? Heu… pas de voiture pour découvrir la région, je reste les pieds dans l'eau et les fesses sur le sable !

– C'est une excellente idée ! Tout à l'heure je vais aller au marché de poisson, et ce soir au dîner je vous prépare une dorade comme vous aimez, grillée avec juste ce qu'il faut d'épices pour relever la saveur de la chair !

– Encore merci Anne pour votre attention et la perspective du dîner de ce soir me met déjà l'eau à la bouche ! Je saurai patienter !

Elles éclatent de rire ensemble, c'est un vrai bonheur, un moment précieux pense Camille à cet instant.

Sur la plage la douceur des rayons du soleil est au rendez-vous tout comme elle sur sa rabane estivale. Pas encore le maillot de bain mais short, tee-shirt, lunettes de soleil et livre à poursuivre, un roman d'amour, une belle histoire qui apporte du rêve.

Quelques pages et Camille se laisse porter par ce repos qui lui semble infiniment délicieux.

Son esprit vogue au son des flots dans une mouvance de vague à l'âme. Cette solitude n'est pas pesante, son corps s'allonge et se détend. Il n'y a que son mental qui s'agite dans une réflexion intérieure : L'amour en elle semble appartenir au passé avec Antonin. La solitude n'est pas une ennemie pense Camille, aujourd'hui elle est ma compagne.

L'amour et la solitude, deux sentiments qui naissent, un jour de printemps vibrant de toutes ses couleurs.

Deux choses qui se nourrissent l'une de l'autre.

La solitude réside dans la rencontre avec soi-même. Elle n'engendre pas la mort de l'âme mais sa vie.

Avancer dans la solitude ouvre la seule, durable et réelle voie d'accès aux autres.

Vivre sa solitude avec la porte du cœur fait vibrer l'amour qui devient accessible dans cette attente lumineuse de pouvoir enfin le partager.

Capable de donner, rien ne peut nous atteindre. Ne

plus être dans la réaction mais dans l'action.

Ce que l'on connaît porte ses limites, ce que l'on perçoit est infini.

Un jour donc, le fruit de ces sensations fait vivre l'harmonie qui s'installe, l'espace d'un temps. Instant sans espace.

Accepter la solitude c'est chercher sa vérité. Elle est au fond de chaque être et peut jaillir à tout moment. Une tâche quotidienne, laborieuse, faite de doutes mais aussi de certitudes.

Le sens que l'on donne à sa vie n'est pas forcément le reflet de ce que l'on est au fondement de son être.

Faut-il d'ailleurs le vivre comme reflet ou miroir ?

Camille ressent cette présence à l'instant présent, le soleil ne brûle pas sa peau, c'est une douce caresse qui réchauffe son corps et son cœur.

Les jours passent au gré de ses promenades sur la plage, tantôt sur le sable mouillé tantôt sur le sable sec, au rythme des marées. À chaque fois elle croise des promeneurs : familles, personnes seules, couples main dans la main. Tous respirent cet espace marin avec bonheur. Chacun est attentif à l'autre, au chien qui jappe de joie, à l'enfant qui essaie de ne pas se laisser surprendre par la vague qui s'étale. Dans ces moments solitaires parmi les autres, sa pensée vogue souvent vers sa vie d'avant, avec Antonin. Durant des années, elle a eu peur de le perdre et pourtant c'est elle qui est partie.

« De quoi était constitué l'attachement à cet homme que j'ai tant voulu protéger d'une rupture que je ne pouvais envisager ? Avec l'autre, je suis en partage de moments d'intimité et de complicité ce qui engendre la joie, le bien-être, ce qui transforme les contraintes. Ma grande crainte, celle de m'investir par peur de le perdre, perdre l'amour, perdre ce que j'ai. Peur de demander. Mon orgueil, je n'ose exprimer ce que je désire vraiment. L'autre doit deviner et je ne laisse pas d'indices. C'est une attente permanente qu'il sache quels sont mes souhaits et comment me rassurer, me procurer des sensations agréables et croire que c'est la source d'un bonheur. Dans mon entêtement, j'alimente ma douleur de ne rien laisser paraître de mon désir.

Je me suis trompée à tellement attendre, j'ai ressenti de la frustration, des insatisfactions, des tensions intérieures, des ruminations constantes. Le masque, tout est bien comme ça. Je me contente de ce que j'ai. Que faire ? Quelle décision prendre, serait-elle la bonne pour moi ? Continuer à vivre ainsi ? En faire le deuil ?

Enlever ce masque au risque qu'il ne m'échappe et être à découvert ? Laisser tomber cette idée que je me fais à mon sujet, l'image que je souhaite renvoyer aux autres ?

Antonin n'est en rien responsable. Il m'a beaucoup donné, en fonction de ce qu'il pouvait, de ce que je lui montrais, de mes désirs. C'est normal qu'il n'ait pas compris ce vide laissé à mon départ.

Les yeux de Camille se brouillent de larmes. Elle

ne ressent pas de la tristesse mais une soudaine compréhension d'une part d'elle-même, d'une émotion de libération. Elle a suivi son besoin impérieux de partir, intuitivement sans pouvoir définir clairement sa motivation.

Elle appellera Antonin, bientôt, se dit-elle.

Un soir doux, assise sur la plage, après le dîner toujours si bien cuisiné avec créativité par Anne, elle se laisse bercer par le mouvement des vagues. « Ça fait déjà trois semaines que je suis là ! » réalise-t-elle soudainement. Les journées se suivent mais ne se ressemblent pas, tout comme les couchers de soleil ! Celui qu'elle admire là est exceptionnel.

L'été arrive, les touristes aussi. Elle va partir, fuir ce flot de vacanciers qui prennent place chaque jour un peu plus sur la plage, envahissent les rues qui jusqu'alors avaient un charme apaisant.

« Le temps est venu pour moi de partir, quitter ce lieu, aller découvrir d'autres horizons ! » conclut-elle avec un sourire rayonnant.

Le bleu du crépuscule

Celui qui enveloppe les ombres
Éclat de l'océan
La lumière tombe
Ouate infinie
Infiniment lovée
Aux creux de la fin du jour
Bleu nuit
Tout doucement susurre
Le temps qui passe
Prouesse de l'aurore à venir

Chapitre VI

Pour cette dernière soirée, confortablement installée sur le lit douillet, Camille est excitée par cette
perspective de préparer une autre destination. Elle
ouvre la carte et se laisse guider par son intuition.
Ça y est, elle sait la direction qu'elle va prendre :
cap vers le sud-ouest, repasser les montagnes,
remonter vers le nord-ouest dans une région val-
lonnée, verdoyante où les activités plein air sont à
l'honneur, traversée par la Dordogne, puis la Cor-
rèze. Son point de « chute », elle l'a trouvé et mar-
qué d'un rond sur la carte. C'est le village de Monceaux ! Elle prend son téléphone et navigue sur le
net pour avoir des informations sur les héberge-
ments possibles. Un camping retient son attention :
au bord de la Dordogne, tranquille, piscine, bel
espace de nature.

– Je n'ai jamais fait de camping ! Lâche-t-elle à
haute voix ! Aller j'y vais ? Ce sera un challenge ha
ha ! La voilà qui rit d'elle-même à s'imaginer sous
une tente dans un minimum de confort et pourtant,
l'idée la séduit.

Les au revoir sont chaleureux avec Anne et Philippe son époux. Ils se promettent de se donner des nouvelles, se retrouver un jour. Elle sera toujours la bienvenue dans leur demeure.

Camille quitte la ville de Camino sans tristesse, ni regret. Elle n'a pas épuisé toutes les richesses de cet endroit mais elle a engrangé suffisamment de ressources pour suivre sa route.

Deux jours pour atteindre cette belle région qu'elle découvre avec ravissement. Camille ne connaît pas du tout ce centre de la France. Elle traverse plusieurs villages qui sont particulièrement remarquables. Les murs de pierres grises, les toitures en lauze tranchent avec la lumière verte de la campagne alentour et d'autres dont les maisons ont été bâties avec des pierres rouges. Des châteaux aussi qui délivrent des histoires à travers les siècles.

À l'abord d'une ville Camille aperçoit une enseigne. Tiens ! Un supermarché ! « Il serait temps que je m'équipe en matériel de camping, je vais sûrement trouver mon bonheur en cette période estivale » pense-t-elle.

Elle s'engouffre dans le magasin, sort la liste qu'elle a eu le temps de préparer, de peur d'oublier quelque chose : petite tente, matelas auto gonflable, duvet, lampe, petit réchaud, kit vaisselle, table basse et siège pliant, des achats indispensables pour passer la première soirée et le lendemain matin.

« Bien, l'essentiel est là ! » se dit-elle satisfaite. Le tout chargé dans la voiture et en route ! Le GPS activé, la musique de sa playlist « Voyage », c'est avec enthousiasme et impatience qu'elle dévore les derniers kilomètres pour rejoindre sa destination.

Elle n'est pas déçue à son arrivée. Le cadre de ce camping dans un environnement de nature très arboré la ravie, la petite piscine à gauche de l'entrée offrira de bonnes baignades, le petit chalet bar à droite et sa terrasse occupée par plusieurs tables, promettent de bonnes bières fraîches, l'accueil est chaleureux.

Elle répond spontanément à la question du propriétaire :

– Je resterai au moins deux semaines !

Il l'invite à choisir son emplacement car en ce début de saison, il n'y a pas foule. C'est à pied qu'elle se promène dans cet espace qui respire le calme. Le descriptif qu'elle avait lu lors de ses recherches correspond tout à fait au site qu'elle visite : la Dordogne est là, des emplacements sont juste au bord. Elle en choisit un, tranquille, ombragé, un peu éloigné des sanitaires mais proche d'un point d'eau avec des éviers à disposition. Celui-ci est parfait ! Il n'y a plus qu'à monter la tente ! Conclut-elle, ravie.

L'après-midi bat son plein et le soleil aussi. C'est après une bonne suée qu'elle constate qu'elle s'en est bien sortie pour l'installation de son nouvel espace. Elle se tourne vers la rivière qui coule dans un bruit de cliquetis permanent et descend la petite butte qui la sépare de la rive. L'eau est délicieusement fraîche aux pieds. Camille prend une grande respiration, ferme les yeux.

Un bonheur ! Elle se sent immédiatement bien. « Oh, me baigner dans la piscine ! Tout de suite, le reste de mon installation peut attendre ! » Délicatement elle se glisse dans l'eau, nage quelques longueurs puis savoure le soleil sur une chaise longue. Un autre bonheur ! Elle se laisse flotter par cette chaleur sur son corps rafraîchi, lunettes de soleil et chapeau sur la tête. Elle ne va pas ouvrir le livre qu'elle a amené préférant déambuler dans ses pensées. Cet instant de pause active sa réflexion, cet intime qu'elle aime convoquer.

Ici et maintenant, où suis-je ? Entre hier et demain, à l'aurore de ma vie. Il est arrivé ce désir infiniment petit qui n'a que l'envie de grandir. La lente marche a commencé il y a quelques mois. Ce n'est pas celle du désert ni celle de la luxuriante forêt ni celle d'une prairie accueillante et moelleuse. Non, seulement une marche parsemée des choses de la vie. Hier, où étais-je ? Dans quelle réalité ? Absente de moi parmi les autres. Demain ? Parmi les autres avec ce que je suis.

Une émotion de joie l'envahit. Un splash la sort subitement de sa rêverie ! Il fait chaud, trop chaud, son corps ruisselle de sueur. L'eau de la piscine va être bonne !

De retour à sa tente Camille doit réorganiser ses pensées et s'affairer aux derniers rangements. Ah, elle qui pensait qu'une trois places serait bien suffisante, elle doit se rendre à l'évidence : sa voiture va être sa « dépendance ». Une douche sera la bienvenue et une boisson fraîche au bar, indispensable.

Elle est installée à une petite table, des campeurs partagent l'apéro dans la bonne humeur. L'ambiance est conviviale, joyeuse, c'est l'été en ce mois de juillet la détente et les claquettes aux pieds sont au rendez-vous. La première gorgée de bière est fabuleuse !

Une première nuit sous la tente, Camille découvre cet environnement qu'elle ne connaît pas. Elle est là, assise sur le matelas, à contempler la lumière de la pleine lune et le ciel rempli d'étoiles se reflétant sur l'eau qui coule dans un mouvement incessant, vers la mer. Les oiseaux nocturnes ouvrent le concerto dédié à ceux qui veillent un peu. Camille ressent le silence en elle, celui de l'arrêt des pensées agitées et des émotions contradictoires qui sont inutiles. Elle se blottit dans son duvet, ferme sa tente et se dit : « Demain est un autre jour ». Ses yeux se ferment, les bras de Morphée l'attendent avec délice.

La clarté du jour qui passe à travers la toile la réveille, le son de la rivière, l'agitation très discrète de ses voisins campeurs réanime sa conscience suite à une nuit traversée de rêves. Elle sort la tête dehors. Quelle lumière du soleil tout frais levé ! Elle n'a aucune idée de l'heure qu'il peut être. 8h30 ! C'est tôt ! Le klaxon de la boulangère retentit ! Oui, le propriétaire lui a dit hier qu'il est possible d'avoir du pain frais et des viennoiseries chaque matin. Camille s'extirpe de son duvet, enfile un legging, une veste, prend son porte-monnaie, chausse ses claquettes, surtout ne pas louper ce premier matin fêté par un pain au chocolat et une baguette fraîche ! Elle n'a pas de beurre mais de la confiture aux saveurs locales !

Elle savoure ce petit déjeuner avec vue sur la rivière puis se décide enfin à sortir de sa contemplation pour aller prendre une douche. A-t-elle tout prévu pour cette première toilette dans les sanitaires d'un camping ? Tout y est, l'eau qui coule sur sa peau lui fait un bien fou ! Déjà la chaleur du soleil se précise, elle est contente d'avoir choisi un emplacement ombragé. Une tenue de circonstance enfilée, elle se dirige vers l'accueil.

– Ah, bonjour, comment allez-vous ? La journée s'annonce belle ! Alors vous avez choisi quel emplacement ? Lui lance le propriétaire avec un grand sourire.

– Bonjour, oui, tout va très bien et je suis sur l'emplacement N°25. Il y a la possibilité d'avoir l'électricité ?

– Bien sûr, il y a une borne juste à côté de votre tente. Si vous le souhaitez, nous avons des rallonges.

– Euh, c'est super ! Merci, et je veux bien car je ne suis pas très équipée…

– Je vais chercher ça, ne bougez pas. En attendant je vous laisse cette petite fiche à remplir.

Ce qu'elle fait immédiatement.

– Voilà, votre rallonge. Vous connaissez la région ?

– Pas du tout !

– Ici, il y a beaucoup de randonnées à faire, des sites médiévaux à visiter, du canoë, le marché de pays tous les jeudis soir au village, des baptêmes en ULM pour découvrir le coin vu du ciel. Tenez, voici des dépliants !

Camille repart avec toute une documentation et la rallonge qui va lui permettre de recharger son téléphone !

Calée dans son siège bas, elle étale devant elle tout ce que lui a confié l'homme. Cette nature offerte la grise un peu. Sur un des flyers, un guide propose de découvrir la région environnante par des randonnées accessibles à tout public. Elle prend son téléphone, compose le numéro indiqué.

– Hugo Xaintrie Val Dordogne, bonjour !

– Bonjour, je souhaiterais avoir des renseignements sur les randonnées que vous proposez. Je suis intéressée mais, même si je suis en forme, je n'ai pas trop d'entraînement pour des marches soutenues en distance et dénivelé…

– J'ai peut-être quelque chose qui pourrait vous convenir. Demain matin, j'accompagne un groupe pour une randonnée de 8 kms. Nous partons des bords de la Dordogne, nous faisons une ascension de 300 m environ jusqu'à de superbes points de vue sur cette belle rivière mais aussi sur les plateaux alentours et notamment celui de Roche de Vic. Sinon après-demain…

– Demain ça me va très bien ! Coupe Camille, elle ne veut pas attendre.

– Parfait ! Vous êtes logée à quel endroit ?

– Au camping « L'Europe » près du village de Monceaux sur Dordogne.

– Ah ! Très bien ! C'est tout près du point de rendez-vous qui se trouve au village du Temple ! Nous nous retrouvons sur la place de l'église à 9h30, ça nous laisse le temps d'arriver avant la chaleur de midi ! Vous vous appelez comment ?

– Je suis Camille.

– Alors à demain Camille, si vous avez un souci pour trouver, n'hésitez pas à m'appeler !

– Merci, à demain !

Camille raccroche, elle est en joie d'avoir cette perspective de randonnée dès demain, tout à fait rassurée de se laisser guidée sur les sentiers. Son regard se porte sur ses baskets, ça ne va pas faire l'affaire… Elle a la journée pour effectuer ses emplettes de marcheuse qui ne veut pas passer pour une « touriste pas équipée » !

Elle va certainement trouver la panoplie dans la petite ville d'Argentat, tout à côté. Elle se met tout de suite en route, programmant mentalement son après-midi : piscine au camping et farniente !

Cette deuxième soirée dans le duvet, imprégnée de la lumière du jour et de la douceur du soir, est une aubaine pour son âme. Elle ne s'en prive pas, les écouteurs aux oreilles elle se délecte d'une musique qui la berce jusqu'au sommeil.

Pas de croissant ce matin, le réveil tardif ne lui permet pas un petit déjeuner lascif à contempler la rivière. Elle est prête ! Le GPS activé un rendez-vous l'attend.

Regards en Paroles

Que dire du coup d'œil porté par les lèvres ?
L'Œil voit s'échapper les murmures d'un souffle
subtil
À saisir Sans attendre car effervescent !!!
Quel Œil nous regarde ?
Celui que nous avons choisi, Nous qui
regardons, Là
Pourquoi pas une nuit couleur soleil ?
Pourquoi pas un matin clair de lune ?
Qu'importe ! C'est celui plongé dans l'âme de
l'instant figé !
Et puis, Miracle !!
Cet Œil devient vivant et traverse l'histoire qu'il
nous raconte.

Chapitre VII

Camille arrive sans problème au lieu-dit. Déjà quelques personnes sont là. Elle se gare, sort de sa voiture, prend son sac à dos et se dirige vers le petit groupe qui conversent avec animation.

– Camille ? L'interpelle un homme qui semble être le guide.

– Oui, vous êtes Hugo ?

– C'est ça, bienvenue pour cette randonnée ! Eh bien nous voilà au complet ! Vous avez tous prévu de l'eau ? Un oui collectif répond au guide. Parfait ! Vous voyez là les traces jaunes avec un numéro au-dessus ? C'est le sentier N° 6 que nous allons suivre aujourd'hui. Il est d'environ 8 kms, avec un peu de dénivelé mais tout à fait cool. Cela ne devrait pas vous poser de difficultés. Mais je ne vous en dis pas plus, nous allons découvrir ensemble ! Allez c'est parti !

Le groupe se met se marche, derrière Hugo. Camille compte, ils sont sept avec le guide. Les autres randonneurs semblent déjà se connaître, c'est certain, pense-t-elle en entendant leurs discussions, ce qui lui donne l'impression d'être dans un décalage du genre « pièce rapportée ».

Hugo est vigilent, sans doute son expérience d'encadrement de groupes, il ne la laisse pas seule et vient régulièrement cheminer à ses côtés. Il est intarissable sur la description de la contrée qu'ils découvrent ainsi que sur l'histoire du lieu, des villages, des espaces qu'ils traversent. Cela crée du lien entre les personnes qui partagent ces sentiers.

– Que c'est beau ce pré avec ces vaches et tous les petits veaux !

C'est une femme du groupe qui s'adresse à Camille. Ils se sont arrêtés pour admirer les pâturages qui s'étendent devant eux.

– Oui, c'est magnifique et paisible ! répond-elle avec un sourire de contentement.

– C'est tout à fait vrai, paisible est le mot juste. Oh, regardez, le petit veau qui tête sa maman !

Elles rient ensemble devant cette vision attendrissante d'un besoin vital, tant pour le petit que pour la mère.

Et la marche continue. Leur discussion aussi.

– Nous sommes ici pour une semaine dans le cadre d'un stage de « développement personnel » mais aujourd'hui c'est journée extérieure en randonnée ! Nous ne sommes pas très loin d'ici dans un superbe gîte aussi bien à l'intérieur qu'à l'extérieur, il est entouré d'un jardin qui apporte quiétude et bien-être, rien qu'à le contempler ou le visiter. Et nos hôtes sont vraiment très sympathiques.

Camille connaît très peu cette notion de « développement personnel » si ce n'est lorsqu'elle était salariée, « sa boîte » proposait des séances de coaching lors de journées formation. Elle les avait vécues comme des stages ayant pour but de développer son potentiel de performance professionnelle. Elle reste dubitative à l'écoute des paroles de cette femme.

– De quoi s'agit-il exactement le « développement personnel » ?

– Pour vous faire une toute petite synthèse il s'agit de vivre des situations et des expériences qui ont pour objectif une meilleure connaissance de soi, la valorisation de ses talents et ses potentiels pour une amélioration de sa vie personnelle, la réalisation de ses aspirations en toute connaissance de ses limites, afin de les inscrire dans son quotidien, en toute humilité et bienveillance pour soi et pour les autres. Cela sert aussi à trouver un équilibre personnel, un apaisement, une sérénité, un équilibre émotionnel, physique et énergétique.

– Ah oui, je vois… Camille reste silencieuse, tout ça ne lui « parle pas » forcément, mais certains points l'interpellent malgré tout.

Une montée dans les bois s'amorce et a raison de leur capacité à parler, gérer son souffle est une priorité !

– Allez, c'est la dernière côte et vous n'allez pas être déçus du panorama qui vous attend ! lance Hugo avec encouragement.

L'effort en valait la peine, au sommet, une vaste étendue s'étale entre ciel et terre, presque sans limite, jusqu'aux monts du Cantal. Ils sont béats les randonneurs face à cette immensité ! La lumière du ciel est pure, avant l'arrivée de la brume de chaleur. Camille accueille à pleins poumons la joie que lui procure cet espace de liberté. Chacun se regarde, échange des sourires, du partage silencieux, il n'y a pas besoin de commentaires, c'est inutile.

– Bien, maintenant une petite descente tranquille jusqu'au village ! ajoute Hugo, toujours avec cet enthousiasme qui ne l'a pas quitté et qu'il a communiqué au petit groupe.

Sur le sentier de la descente les conversations vont bon train dans le plaisir et la bonne humeur.

Retour au parking place de l'église, une bâtisse se dresse devant eux, en accord avec ce petit village pittoresque. Le petit groupe a envie de visiter ce lieu de culte, la porte est ouverte. C'est avec silence et attention que les yeux découvrent les vitraux, les peintures, les boiseries, les bouquets au pied de l'hôtel. Le soleil de midi les éblouit à la sortie !

Voilà, c'est terminé, chacun va retourner vers son lieu de résidence. La femme avec qui Camille a beaucoup échangé s'avance vers elle.

– Demain, nous sommes au gîte pour la journée. Voulez-vous vous joindre à nous ? Je proposerai des situations et des exercices qui ne nécessitent pas d'avoir vécu les journées précédentes. Si cela vous convient, bien sûr.

– Vous me tentez…

– Voici l'adresse du lieu, c'est tout près de votre camping. Nous commençons à 9h30. À demain peut-être ? Au fait, nous ne nous sommes pas présentées, moi c'est Florence, je crois que vous vous appelez Camille, c'est ça ?

– Peut-être à demain… oui, je suis Camille.

Là, elle ne sait pas. Demain est un autre jour.

Le jour se lève avec subtilité en ce mois de juillet qui défile à toute vitesse. Les nuits sont douces avec une pointe de chaleur qui ne trompe pas sur l'été qui donne le rythme des heures et des journées. Camille apprécie d'être à l'ombre des arbres dès le matin. Il est 8h30, la boulangère klaxonne et appelle les campeurs ! Elle part pour le gîte.

Derrière le portail en fer forgé, lourd à ouvrir, se trouve une maison aux murs de pierre et toit de lauze, entourée d'un joli jardin fleuri où des espaces ici et là invitent à la quiétude et au ravissement. Elle ne résiste pas à faire le tour pour se remplir les yeux de si belles compositions naturelles avant de se diriger vers une porte ouverte. Elle passe le pas.

Une lumière jaillit, l'éblouit. Elle se trouve dans une grande pièce devant une immense baie vitrée. Le soleil est dehors et vient éclairer l'intérieur, tout est calme.

Depuis l'une des pièces devant elle, Florence au

visage doux s'avance.

– Bienvenue Camille, je vous en prie entrez.

Elle entre dans la pièce, quelques personnes y sont déjà, assises. Le cercle est accueillant, elle reconnaît les marcheurs de la veille.

– Bonjour ! dit Camille tout en se plaçant parmi les autres, elle s'assied en tailleur et prend une respiration de détente.

Un bonjour collectif l'accueille. Ils la reconnaissent et lui sourient. Immédiatement elle se sent à la juste place.

– Nous sommes au complet, dit Florence en prenant place dans le groupe. Aujourd'hui, Camille sera parmi nous. Bienvenue ! Nous pouvons maintenant commencer cette journée simplement en accueillant les mains de nos « voisins ». Être là, en fermant les yeux, en présence, nous leur disons « bonjour » en pensée. Il n'y a rien d'autre à faire, nulle part où aller.

À côté d'elle, une personne, son genou touche le sien. Quelque chose se passe, un mélange d'harmonie et de plaisir la pénètre.

L'intimité est présente. Elle se fait évidente lorsqu'elle prend la main de Catherine à sa gauche et Marine à sa droite.

Camille sent des vagues, des flux de chaleur, de présence. La lumière est derrière ses paupières.

Elle resterait bien encore un peu dans ce lien lorsque les mains se séparent. Puis tous se déploient jusqu'à être en position debout. Les yeux fermés elle respire, elle n'est plus que respiration, dans ses bras, dans ses côtes, aérienne, dans son ventre, chaude, au niveau de son périnée, sensuelle et maternelle.

Elle est enfin elle-même lorsqu'elle est campée sur ses deux jambes ! Une sensation jamais éprouvée avec une telle intensité.

Le sourire intérieur lui vient lorsqu'elle fait le bilan de son être ici et maintenant. Camille ouvre les yeux, debout, son corps est vivant, harmonieux. Bouffée de plaisirs, bouffée de sérénité, le regard loin devant, loin derrière.

Florence propose de vivre un autre « exercice », étonnant de découverte. Camille s'y prête volontiers. Sur le sol, de très gros coussins sont installés et forment un tunnel. Chacun des participants se faufile dessous. C'est son tour, elle s'y enfouit et rampe en faisant attention à ne pas défaire cet ensemble.

Elle entend des bruits extérieurs, des mouvements feutrés. Rien ne perturbe son calme.

Pas d'inquiétude, tout va bien. Elle glisse avec plaisir sous les coussins qui caressent sa peau, ses seins, ses cuisses. Elle avance. Elle perçoit comme une sensation d'humidité qui l'enveloppe au contact de la matière. Là-bas tout près, elle voit la lumière, son cœur bat dans l'attente de ce moment. La chaleur moite sur le corps, le spasme libérateur, elle progresse. Revivre la souffrance de la naissance. Vivre toutes les naissances.

Bientôt la sortie. Tout lui semble moins dense. Ses mains d'abord touchent le sol, elle sent l'air frais du dehors. Puis la tête, le corps maintenant tout entier s'extirpe à la force de ses bras. Ils la hissent vers le haut. Elle ramène ses jambes sous elle. C'est le moment d'ouvrir les yeux. Elle voit passer des jambes, l'extérieur est en mouvement. Face à elle, le mur, aucun accueil, elle est seule, l'esprit rempli de ce qui vient d'être vécu. En cet instant, est-ce important d'être rassurée par le regard de l'autre ?

Camille est exténuée. Elle reste silencieuse, croise la bienveillance dans les yeux de chacune des personnes qui l'entourent. Il n'y a pas besoin de dire, seulement d'accueillir. À cet instant en suspens, les sourires se partagent.
Le déjeuner est léger, fait de crudités diverses et de fruits de saisons, goûteux et juteux. Les conversations sont joviales, amicales. Il n'y a pas d'échanges sur le vécu de cet exercice, il reste l'intime que chacun porte en soi.
Déjà le début d'après-midi. Le petit groupe se dirige vers une autre pièce de la maison, tout aussi lumineuse et douce. Au centre d'une grande table, des blocs de terre de différentes tailles sont disposés. Florence donne la consigne.
– Comme vous le voyez, vous avez chacun un morceau de terre et une place. À vous de choisir votre siège et votre « page blanche ». C'est avec vos mains que vous allez « écrire une histoire » qui prendra forme sous vos doigts. Laissez-vous aller à ce que ce cette terre vous suggère. Elle a déjà une forme, vous allez lui en proposer une autre, la

vôtre. Une précision, vous n'échangez aucune paroles. Vous êtes dans le dialogue avec cette partie de terre, uniquement. Si des pensées vous viennent à l'esprit, c'est normal. Laissez-les partir, comme les nuages dans le ciel qui passent. Revenez à cet instant présent avec patience et bienveillance.

Camille a choisi sa place et son morceau de terre. Elle le regarde fixement, dubitative. Que va-t-elle en faire ? Elle n'a jamais eu en main une matière comme celle-ci, à la fois meuble et résistante. C'est du bout des doigts qu'elle l'approche.

– Surtout, ne cherchez pas intellectuellement ce que vous allez modeler. Prenez contact en pleine main et laissez-vous aller au plaisir du toucher, intervient Florence qui a dû percevoir que tous avaient cette lueur de questionnement dans leurs yeux.

Cela l'encourage, elle saisit la motte de terre, la pétrit sans aucune délicatesse ! Et puis ses mains se font plus enveloppantes, son corps accompagne le mouvement. Elle prend un peu d'eau dans le bol à côté d'elle pour rendre cette matière plus fluide. Elle caresse la terre, naissance d'une mouvance harmonieuse. Cette terre devenue eau, vague et forme ondulatoire. Pétrir la chair vivante de la terre, une sensation de glisse, les mains pleines Camille beigne dans une plénitude froide et chaude à la fois. Elle ne laisse pas son esprit la guider. Elle donne un sens au courant qui la traverse, offrant à l'autre le chuchotement de son bruit, d'une voix venant de son antre.

Le ventre de l'abîme déferle, vomit sa vie pour l'offrir. La glaise glissante se lisse sous ses doigts avides de volupté. Rondeur, volume, courbe, voile, vague, étale, terre à terre, stable, terre à mer.

Qu'a-t-elle créé ? Son visage se déforme en une moue dubitative face à cette main avec au centre, dans la paume un œil qui la regarde.

Florence intervient avec douceur.

– N'essayez pas d'interpréter votre production. Pas maintenant, constatez simplement et accueillez.

L'après-midi se termine autour d'un thé gourmand dans le jardin. C'est une bulle de nature constituée d'espaces particuliers et apaisants où l'on peut naviguer et découvrir une multitude de fleurs, d'arbustes, de parterres créatifs. Camille est sereine.

– Merci Florence, c'était une très belle journée, même si je me sens un peu bousculée émotionnel-lement, j'ai appris.

– C'est le but, en savoir plus sur ce que nous sommes en tant qu'être au monde. Emportez votre création et laissez-la vous apprendre encore. Rien ne presse.

C'est assise sur son petit siège, contemplative face à cette rivière qui coule sans répit, immuable et rassurante que Camille ouvre une bouteille de rosé bien fraîche, achetée au bar du camping en passant. Elle est un peu secouée par tout ce qu'elle

a vécu au cours de cette journée ! Elle regarde
« l'œil dans la main » posé à côté d'elle comme les
coquillages extraordinaires et singuliers sur le bord
d'une plage ou les pierres dans un ruisseau.

L'eau coule et sa pensée suit le mouvement : J'ai
vécu du bonheur, j'ai envie de le partager. Je n'ai
plus peur. Le rayonnement n'est rien d'autre que
l'ouverture de la porte du cœur.

Le savoir, la connaissance sont du domaine du
mental, l'égo s'y complaît. L'approche de soi, la
perception de son être dans l'harmonie de la
respiration universelle fait vibrer l'amour.

Comment faire vivre cet état dans le quotidien,
sans se détacher du réel ?

Peut-être en étant attentive à ma réalité. Accepter
ce qui vient et ce qui est. Ne pas être en réaction
face à l'événement qui survient. En évitant d'être
dans l'émotion fusionnelle où je me perds, mais la
vivre à sa juste valeur, à sa juste place.

Les campeurs à côté sont discrets, ce qui lui va
tout à fait. Ils ont une guirlande de petites lumières
accrochée à leur caravane qui donne une
atmosphère particulière. Elle se blottit dans cette
bulle d'étoiles au-dessus d'elle.

Jamais elle n'a vécu une telle solitude, elle qui
toujours cherchait la compagnie du monde, des
amis, des soirées. Depuis son départ, elle a eu des
appels de personnes proches et à chaque fois il lui
a fallu les rassurer : « Tout va bien ! »

Songe

Nuit à goûter
Cœur à cœur
D'un drap
Savoure la source fruitée
De ta bouche délicatement obscure.
Songe à mer
Je sors de mes draps
Humide de cette nuit ruisselante des batailles
Où mon âme rencontre ce qui ne se vit pas
Où la tourmente de ce qui ne se dit pas se voit, là
En moi.

Chapitre VIII

La lumière qui filtre dans la fine épaisseur de sa toile de tente la réveille. Camille s'étire délicatement, elle se sent courbatue. Le klaxon de la boulangère ! Va-t-elle avoir l'énergie de sauter dans ses claquettes pour aller chercher du bon pain pour son petit déjeuner ? Vu le désert de ses réserves, cela la convint de faire cet exploit !

Son téléphone sonne alors qu'elle termine sa tartine à la confiture de framboises !

– Coucou Camille, c'est Julie ! Comment vas-tu ?

– Hello Julie ! Je vais bien, j'en suis au petit déjeuner !

– Parfait, je ne te réveille pas ! Je t'avais dit que je ne passerais pas loin de là où tu es, eh bien, c'est tout à fait sur mon chemin avant de prolonger ma route. C'est possible que je fasse une halte demain dans le camping où tu es ? Pour deux ou trois jours au plus car je suis attendue chez des amis début août.

– Ouah c'est super Julie ! Bien sûr, je ne pense pas que ça va poser de problème, mon emplacement est grand, il y aura largement la place pour toi ! Je vais prévenir le propriétaire du camping. Quand penses-tu arriver exactement ?

– En début d'après-midi, mais je te dirai plus précisément en fonction de la route…

– Je serai là, je t'attendrai, ici entre la piscine, la Dordogne, le bouquin, la musique, j'ai de quoi patienter. Et j'ai une idée pour fêter ton arrivée ! Je te dis ça demain Julie ! Bisous.

– Génial ! À demain Camille, Bisous !

Camille raccroche, elle est ravie. Julie, son amie d'enfance, est une baroudeuse avec son van aménagé. Dès qu'elle en a la possibilité elle prend la route.

Repos au camping sera l'activité principale de la journée, juste se bouger pour quelques petites courses au marché d'Argentat. Elle va en profiter pour flâner dans cette petite ville pittoresque de bord de Dordogne. Les quais, les rues bordées de maisons traditionnelles, l'animation du centre-ville, voilà un programme qui la séduit et la pousse vers la douche !

La chaleur s'estompe en ce début de soirée, c'est appréciable même si l'air n'est pas encore dégagé des effluves de la terre gorgée de soleil. Camille s'avance jusqu'au genou dans l'eau fraîche de la rivière, au pied de sa tente. Elle observe les pêcheurs équipés, debout au milieu du cours d'eau, la canne à pêche en main, attendant la truite qui va mordre à l'hameçon. Régulièrement, ils effectuent un mouvement du bras qui produit une ondulation très maîtrisée. C'est un ballet de gestes sur la musique de l'eau qui coule sur les pierres. Il y a comme une grande tranquillité dans ce spectacle.

« Pauvres poissons qui se laissent prendre au leurre », pense Camille.

Le lendemain matin, c'est le klaxon de la boulangère qui la réveille à 8h30, quelle ponctualité ! Pas grave, il lui reste un quignon de pain et des fruits pour son petit déjeuner, c'est parfait ! Ça fait des semaines que Camille refuse la précipitation, elle savoure pleinement chaque jour passé à ne plus obéir aux obligations du rythme effréné qu'elle vivait, une professionnelle active devant faire face aux contraintes que bien souvent, elle se fixait elle-même.

Elle se prélasse dans son duvet, rien ne presse, nulle part où aller, juste à apprécier.

Le temps s'étire en ce début de journée.

Son téléphone sonne, il est 11h30, c'est Julie !

– Comment ça va Camille ? Je suis sur la route et je pense arriver vers 13h00 !

– Je t'attends Julie ! Tu me dis quand tu seras au camping, je viendrai à l'entrée !

Les retrouvailles sont joyeuses ! Il fait beau, le soleil brille dans leurs yeux et leurs cœurs se réjouissent de pouvoir après tant de mois se serrer dans les bras.

Camille averti Hubert, le gérant du camping, toujours aussi accueillant, que son amie Julie restera deux ou trois jours. Puis elle monte dans le van et dirige Julie vers son emplacement. L'installation se fait rapidement, elles sont attablées et savourent la salade composée que Camille a préparée.

– Alors, raconte-moi, comment se passe ton périple ? Tu as dû découvrir plein de choses depuis tout ce temps ! Tu ne regrettes pas d'être partie ? Et ce n'est pas trop difficile d'être seule ? Enchaîne Julie, visiblement impatiente de tout savoir.

– Oh là ! C'est trop de questions à la fois Julie ! J'aurai le temps de te parler de tout ça mais une question à laquelle je peux répondre tout de suite c'est que je ne regrette pas un instant d'avoir entrepris ce voyage !

– Parfait !

– J'ai une proposition à te faire pour ce soir, au village voisin, il y a le marché des producteurs du pays. On pourra y trouver des produits frais et locaux et en plus on peut acheter de la viande à griller, il y a un immense barbecue ! C'est un pique-nique géant ! Et en plus, eh bien il y a un groupe de musiciens qui va jouer toute la soirée et nous pourrons danser ! Qu'en penses-tu ?

– Génial, excellente idée !

– Que dis-tu d'une séance piscine avant ? On va se rafraîchir un peu et profiter d'un bain de soleil !

Qu'y a-t-il de plus plaisant que de papoter avec son amie au bord de la piscine ? Camille raconte sa route, la mer, le char à voile, sa rencontre avec Matéo, ses moments de solitude, ses découvertes, les randonnées, l'expérience de sa journée « développement personnelle ». Julie écoute, commente parfois. Et puis sans transition Camille demande.

– Tu as des nouvelles d'Antonin ? Elle imagine qu'elle doit en avoir puisqu'ils sont proches.

– Je me doutais bien que tu souhaiterais aborder ce sujet Camille, répond Julie avec un sourire doux. Oui, j'en ai, je pense que tu sais que l'on se voit assez régulièrement... même si nous n'en avons pas du tout parlé depuis ton départ. Bon je vais être franche et synthétique. Antonin a été très bousculé et malheureux à ton départ et le mois qui a suivi. Il ne semblait pas comprendre comment tout cela était arrivé. Et puis petit à petit, j'ai remarqué qu'il était moins abattu, moins à ressasser et évoquer les souvenirs de votre vie commune. Mais tu sais, il me demandait souvent si j'avais des nouvelles ! Je n'avais que des choses évasives à lui répondre puisque tu ne me précisais pas ce que tu vivais, sauf que ça allait bien. Ce qui était déjà très rassurant ! Et puis voilà qu'il y a trois, quatre semaines, je ne sais plus exactement, nous nous sommes retrouvés à une soirée avec les amis que tu connais, les habituels quoi... On avait préparé un petit repas et des animations pour lui remonter le moral ! Eh bien on le voit arriver avec une nana et on a compris tout de suite que c'était sa copine ! Tu t'imagines bien notre surprise, on était gênés, il n'avait prévenu personne ! Incroyable ! Julie constate que le visage de Camille s'est durci, fermé. Elle poursuit.

– Je suis peinée Camille, je me doute que ça te bouscule ce que je te dis, peut-être même que ça te fait mal d'entendre ça. Je n'ai pas envie de te mentir, je ne peux pas te faire ça. De toute façon, tu aurais fini par le savoir. Excuse-moi, termine Julie presque à voix basse.

– Je te remercie Julie de me dire la vérité, répond Camille, les larmes aux yeux. Tu as raison, autant que je le sache maintenant, mais je ne m'attendais pas à ça, il était tellement effondré quand on s'est parlé au téléphone. J'ai culpabilisé après lui avoir fait subir cette rupture. C'est vrai que de mon côté, j'ai eu cette aventure avec Matéo… Mais ce n'était rien de sérieux, une rencontre inattendue, c'est tout. S'il vous a présenté sa copine c'est autre chose.

Une grande tristesse s'empare d'elle. Des larmes coulent maintenant sur ses joues.

– Laisse couler tes larmes ! Mais pense à tout ce que tu as fait et vécu depuis ton départ ! Tu te rends compte que c'est super ? Que tu es sortie d'une vie qui ne t'allait plus et que tu as fait le bon choix ? OK Antonin est avec une autre femme. Il a plus de chance que toi ? Il est plus heureux ? On n'en sait rien, mais ce qui est sûr c'est que toi tu es là où tu as envie d'être et que tu vis ce qui t'apporte du bien-être ! Allez, maintenant on va se préparer pour aller au marché des producteurs, je suis impatiente de découvrir ! rétorque Julie avec un grand sourire.

– D'accord, allons au marché !

Camille se lève, rassemble ses affaires dans un éclat de rire.

Les rues sont bondées, l'ambiance est estivale, le

soleil est moins chaud, les étals des marchands sont fournis de denrées qui ravissent les yeux et excitent les papilles.

– Le menu de ce soir : melon, tomates et bonne brochette d'agneau à griller, arrosé d'un petit vin de pays ! Et un petit pain d'épice au miel pour le dessert ça te conviendrait Julie ?

– C'est nickel !

Elles font les achats avec des yeux gourmands. Une brochette seulement ? Oui mais une merguez pour compléter !

Entre le stand du producteur maraîcher et celui du boucher, un écran télé accroche leur regard. Une vidéo passe en boucle : le survol de la Dordogne et ses environs à bord d'un engin volant ! Elles regardent avec attention les flyers déposés sur la table. « Baptême en ULM au-dessus de la Dordogne ». Elles se regardent avec un grand sourire entendu et des yeux pétillants.

– Ouahhh ! Camille tu es partante ?

– Top là Julie ! Même si elle éprouve une certaine fébrilité à cette perspective, contrairement à son amie qui se lance dans des expériences à grandes sensations, genre saut en parachute, biplace deltaplane, baptême de plongée…

Les renseignements pris et le rendez-vous pour le lendemain en fin d'après-midi les laissent en joie et totalement satisfaites !

L'ambiance bat son plein. Du barbecue géant émanent des senteurs qui donnent faim. Camille et Julie repèrent une grande table, à une distance idéale de l'estrade où s'affairent les musiciens.

Elles s'installent aussitôt, pressées de déballer leurs victuailles.

Elles dégustent leur repas « pique-nique barbe-cue » avec entrain au son de la musique.

L'espace devant la scène commence à se remplir et la danse peut débuter.

Happées par les premières notes d'un morceau rock elles se lèvent et se faufilent au milieu des danseurs, tout près de l'estrade comme pour se fondre dans la bulle des sons. Camille se laisse porter, envahir par le besoin de bouger, bouger encore et encore son corps, ça fait si longtemps qu'elle n'a pas dansé ! Elle oublie la tristesse ressentie cet après-midi. Une légèreté douce l'habite, le bon petit vin du pays y participe ! Elle se sent libre !

Le retour au camping est joyeux, complicité déli-cieuse partagée avec Julie, son amie.

La nuit étoilée et le murmure de la rivière les ac-cueillent dans une pénombre calme à cette heure tardive. Le duvet n'en est que plus douillet pour abriter le sommeil et les rêves.

Le klaxon de la boulangère ! Déjà ? Tant pis, pas de croissants et baguette fraîche pour aujourd'hui se dit Camille, trop fatiguée et si peu réactive. Elle se rendort doucement, ses paupières ne peuvent que rester fermées à cette heure-ci.

Il fait chaud, le soleil passe à travers la fine épaisseur de la toile. D'un bon elle se lève comme s'il y avait urgence !

La tête hors de sa tente, elle voit Julie, qui lui lance en rigolant :

– Eh ben dit donc, tu n'es pas matinale ce matin !

– Excuse-moi, je me suis rendormie ! Il est quelle heure ?

– L'heure du brunch ma grande !

Sur la table basse, au niveau des yeux de Camille sont installées tout un tas de douceurs avec dans le thermos, un bon café.

– Oh Julie, que c'est gentil !

La journée a été farniente au bord de la Dordogne, quelle fraîcheur bienvenue !

C'est le moment de partir pour l'aventure qui les attend dans les airs ! Elles sont prêtes.

Sur l'aire d'envol il y a de l'agitation. Des machines volantes sont sorties, elles ont une grande aile déployée fixée à un chariot sur roues, un moteur à l'arrière prolongé par une hélice à quatre pales. Des personnes circulent et discutent.

– Bonjour, nous avons pris rendez-vous pour un baptême hier soir au marché des producteurs, c'est bien ici ? demande Camille a un homme vêtu d'une combinaison.

– C'est ici ! Nous vous attendions ! répond celui-ci. On a de la chance, le ciel est magnifique et les conditions pour voler idéales ! Allez, les machines sont prêtes, plus qu'à vous équiper. Je vois que vous avez prévu un vêtement chaud, ce qui est parfait car on va monter et il va faire un peu frisquet ! Ah, voilà l'autre pilote, Pascal, qui va vous emmener. Moi, c'est Julien ! Et vous ?

– Julie !

– Camille ! Mais nous allons être en l'air ensemble avec mon amie ?

– Oui, nous sommes deux pilotes pour les baptêmes ! Allez, on y va, si vous voulez prendre des photos avec votre téléphone, nous avons des coques sécurisées à vous prêter.

– Mais bien sûr ! C'est super ! répond Julie enthousiaste.

Tout se passe très vite, les voilà équipées et assises dans les ULM. Pascal et Julien sont concentrés, les gestes précis, la check-list avant le départ, le roulage vers la piste d'envol.

– Alors ça va Camille, prête pour l'envol ? demande Pascal. Nous allons décoller les premiers et ensuite nous les attendrons en l'air avant de partir découvrir la Dordogne et les environs !

– Oui, oui, ça va ! J'appréhende un peu mais je vous fais confiance !

– Regardez devant quand on va décoller et tout ira bien.

Pascal pousse une manette et le moteur monte en puissance, la machine roule de plus en plus vite ! Et voilà qu'elle quitte la terre ! Le cœur de Camille s'emballe, sa respiration s'accélère, elle est envahie d'une multitude de sensations mêlées de peur, de plaisir, de béatitude à la limite de l'extase.

Très vite l'ULM prend de l'altitude et fait un grand virage incliné au-dessus de la piste. Elle a envie de s'agripper aux épaules du pilote mais se ravise et s'accroche aux deux petits tubes qui sont sous ses mains.

– Regardez, votre amie est en train de décoller !

C'est un émerveillement pour elle, l'autre ULM est là, à côté d'eux à une distance de sécurité affirme Pascal. Elles se font un coucou de la main ! Les deux engins se dirigent de concert vers la petite ville d'Argentat, en survolant la Dordogne.

– Incroyable !! Que c'est beau ! lance Camille prise d'un fou rire. Elle n'a pas le vertige, elle est bien attachée, le contact avec Pascal devant elle, les pilotes échangeant entre eux par radio la rassurent bien que le vide règne autour d'elle !

Il lui décrit tout ce qu'ils voient sous eux, lui montre le camping où elles sont, loin devant, les monts du Cantal.

Camille est subjuguée par cette immensité de l'espace où elle se sent toute petite. Jamais elle n'aurait pu imaginer vivre cet état de plénitude. Le retour se fait face au soleil presque couchant, les champs prennent une couleur orangée scintillante.

Elle s'imprègne tant et plus de toute cette beauté car elle n'a pas pensé un seul instant à prendre des photos !

Ceci n'est pas un jeu

Câline, coquine, mutine, colombine, libertine, rose marine
Chaque mot remplit la bouche de sa légèreté.
Le corps répond à la main de sable par le mouvement de la mer sans cesse égale jusqu'à l'étal.
À te vouloir, maudite Aphrodite, sortie du creux de la vague tu es venue t'échouer dans ma chair

Lilas, seringa, camélia, acacias !
Le vase qui vous contient fait perdurer la beauté du parfum et chavirer dans la douceur suave d'une journée blanche.
La lumière d'une saison d'amour

Chapitre IX

Julie traîne un peu à ranger ses affaires. Elle n'est pas si pressée de prendre la route et s'inquiète un peu pour Camille qui présente une mine un peu triste depuis le lever avec une nonchalance qui frise l'absence. Pour autant, elles se disent combien ces deux jours passés ensemble ont été supers et leur ont fait du bien.

Julie continue son chemin. Camille reste ici, elle en a envie. Ce n'est pas encore le moment pour elle de rentrer, affirme-t-elle. Bien sûr, sa famille lui manque, ses amis mais pas sa vie d'avant. Elle n'a pas vraiment de projets. C'est un vide. Elle a besoin d'avoir ne serait-ce qu'un embryon de perspectives pour prendre la route du retour.

Jusqu'à maintenant, elle n'y avait pas du tout songé mais la présence de Julie, d'une certaine façon, l'a reconnectée avec le monde extérieur. Son amie est en mouvement, elle, elle est à l'arrêt.

C'est le départ de Julie, les embrassades sont chaleureuses, affectueuses.

– Tu as vu le petit groupe de campeurs juste à côté

qui sont arrivés hier ? Ils ont l'air sympa !

Camille éclate de rire ! Ahhh cette amie qui sait saisir les opportunités avec bonne humeur ! Elle aime cet au revoir et le savoure jusqu'à la sortie du camping.

– Alors Camille, votre amie est partie ? Vous avez passé un bon moment ? lui demande Hubert en la voyant devant l'accueil.

– Excellent ! Trop court mais trop bien ! Hier nous avons fait un baptême en ULM ! C'était géant, que d'émotions !

– Ah oui, on les voit passer tous les jours au-dessus du camping en ce moment ! Et aujourd'hui, vous allez vous promener ?

– Ouf, je n'ai pas le courage ! Et puis il fait si chaud ! Je vais profiter de la piscine et de la rivière !

– Vous avez raison ! Bonne journée Camille !

– Merci Hubert, à vous aussi.

De retour à sa tente elle descend au bord de l'eau, contemple le flux tranquille de la rivière. Elle avance jusqu'aux genoux dans cette fraîcheur, cela l'apaise.

Ça va bientôt faire quinze jours qu'elle est ici, elle va rester encore un peu. Tout l'après-midi, elle reste entre la piscine et la tente, son livre en mains ou avec les écouteurs dans les oreilles se laissant bercer par la musique. Le temps s'égrène lente-ment, il fait chaud, cet été tient ses promesses !

Rien ne s'oppose à ce que sa pensée surfe sur des émotions, des sentiments multiples, mitigés qui se superposent en fonction du moment : de la colère envers Antonin qu'elle estime tout à fait injustifiée après avoir repris conscience que c'est elle qui l'a quitté, elle ne sait pas où elle va, n'a pas de projets précis, atteinte d'une une grande lassitude et l'instant suivant, en réalisant l'ampleur de la grande liberté qu'elle y gagne, elle est enthousiaste.

« J'ai vécu tellement de choses extraordinaires depuis que je suis partie ! Ça flotte, ça dérive vers des rêves. La réalité ? Elle n'est pas si grise finalement », pense-t-elle, indulgente avec elle-même. « Cette agitation mentale me fatigue ! »

En ce début de soirée, les campeurs nouvellement arrivés s'activent et parlent différentes langues. Ils sont au moins neuf d'après ce qu'elle a pu compter. Un beau campement, les tentes en demi-cercles sont tournées vers la rivière et l'espace commun est au centre. Elle est curieuse de ce qui suscite ces rires et éclats de voix.

– Joyeuuuux anniversaire Sarah !!! entonne le groupe en cœur ! Au milieu, celle qui semble être Sarah rit sans retenue.

– Merci mes amis, je vous aime !

Camille applaudit et lance « Joyeux anniversaire ! »

– Merci beaucoup ! Si vous ne faites rien et que vous voulez participer à la soirée c'est avec plaisir ! De toute façon vous allez y participer puisque vous êtes tout à côté alors autant passez la haie ! propose Sarah avec un grand sourire.

– Ah oui d'accord, c'est gentil à vous, j'apporte une

bouteille de rosé que je viens d'acheter au bar, elle est encore fraîche !

Les présentations faites, Arthur et Dorothy s'affairent au petit barbecue électrique. Valentin, Nino, Sarah, Livia confectionnent les salades et préparent l'apéro. Abbie, Dylan, Alessandro dressent la table et la décore avec des bougies. Des guirlandes de petites lumières sont accrochées entre les branches des arbres. Elle met la main à la pâte autant qu'elle le peut, papillonnant entre les différents « groupes » constitués pour la préparation d'une soirée qui s'annonce festive. Ils parlent en anglais parfois pour faciliter la communication et la compréhension car tous ne maîtrisent pas bien le français même s'ils le comprennent très bien. Aucune difficulté, elle est à l'aise avec cette langue commune à tous !

Les échanges vont bon train, elle apprend qu'ils se sont tous rencontrés en Australie il y a deux ans lors d'un séjour de plusieurs mois dans le concept « working Holiday » : travailler pour subvenir à leurs besoins, voyager, découvrir une culture et un environnement si différents du leur. D'origines différentes, français, anglais, italiens, ils étaient logés dans une même colocation lors d'une étape dans leur parcours. Ils étaient tous partis de Perth et leurs chemins respectifs les ont réunis à Adélaïde. Ils avaient tous trouvé un petit boulot dans un resto, bar ou hôtel. Une grande amitié est née au fil des jours et ils ont décidé de tout quitter pour poursuivre leur périple ensemble. Portland,

Melbourne, Canberra, Sidney. C'est là-bas que Sarah a rencontré Dylan, un australien, ils vont se marier dans une semaine ! Alors les amis de la petite équipe australienne sont venus ici en France pour l'événement. Ils ne restent ici que quatre jours avant de retourner à Lyon où a lieu la cérémonie. Ils avaient besoin de se retrouver depuis tous ces mois de séparation. Puis, Sarah ira vivre avec Dylan à Sidney ou il travaille et elle a déjà trouvé une boite pour l'embaucher.

Quant aux autres acolytes et amis, depuis leur retour ils ont tous, soit poursuivi leur projet d'études, soit découvert des pistes qui se sont révélées fructueuses dans la direction de leurs désirs personnels ou professionnels. Bref, tous ont trouvé leur voie !

Camille pose tout un tas de questions : le pays, l'accueil, les petits boulots, comment se loger, les meilleurs endroits où se poser, les commodités pour se déplacer, les formalités pour y aller. Elle découvre un univers si loin d'elle jusqu'à aujourd'hui.

– Et toi, Camille ? Tu fais quoi dans la vie ? lui demande Nino.

Elle est saisie ! Elle pensait bien échapper aux questions « Tu fais quoi, t'es qui, t'en es où ? »

– Moi ? Eh bien je vais dire que je suis dans une période de transition... J'avais un bon boulot, un compagnon avec qui ça allait assez bien, des activités, une vie sociale sympa. Et pourtant je n'y trouvais plus de sens dans cette vie alors c'est devenu impératif de prendre du recul et faire un break… J'ai tout laissé ! Je suis partie depuis à peu près trois mois. J'ai voyagé, un peu, je fais de l'itinérant en fonction des opportunités qui se présentent et j'ai vécu des expériences tellement différentes et instructives ! Aujourd'hui, je suis ici depuis deux semaines et je ne sais pas combien de temps je vais rester encore. Voilà en gros la synthèse…

– Ouah mais c'est courageux Camille de partir comme ça, tout laisser tomber pour aller vers l'inconnu ! commente Valentin.

– Je ne suis pas sûre que ce soit du courage, mais je sais que je devais le faire, répond Camille pensive.

– Et tu sais ce que tu vas faire quand tu rentreras ? Je suppose que tu vas retourner dans ta région… avance Sarah.

– Là, il y a un hic ! La liberté que je vis depuis des semaines me fait tellement de bien ! Oui, je vais rentrer mais je n'ai aucune idée de ce que j'ai envie de faire. Je n'ai pas encore eu la révélation ! lâche-t-elle dans un rire que tout le monde suit.

– Bene Camille, ça va venir et peut-être au moment où tu ne t'y attendras pas ! prononce Livia avec un fort accent italien. Brindiamo à Camille ! Et les verres s'entrechoquent dans la bonne humeur !

La soirée s'achève sur le même diapason, avec moins de bruit car il est déjà tard et le silence autour d'eux se fait plus présent. Le camping s'endort dans une fraîcheur bienvenue.

– Tu viens avec nous faire du canoë demain Camille ? demande Arthur.

– Du canoë ? Je n'en ai jamais fait et j'ai un peu peur de l'eau... Mais ça me tente bien ! Si je ne suis pas seule dans le bateau parce que là ce n'est même pas envisageable pour moi !

– Top là ! On est neuf et tu feras équipe avec l'un de nous ! Arthur est très convaincant !

Camille ne trouve pas le sommeil si facilement, pourtant fatiguée, mais les bulles de champagne et le rosé y sont certainement pour quelque chose.

Elle rêve dans un état d'apesanteur jusqu'au matin quand le réveil de son portable sonne. Elle a raté le klaxon de la boulangère mais pas d'urgence, la séance Canoë est prévue à 11h30 et le départ se fait à partir du camping !

Elle entend que ça discute à côté, peut-être sont-ils déjà prêts ? En sortant la tête de sa tente, elle les voit tous attablés autour du petit déjeuner. Tout va bien, elle peut prendre son temps pour se réveiller totalement avec un bon café !

C'est avec Arthur qu'elle va faire équipe. Elle à l'avant et lui à l'arrière, il pilotera, c'est parfait ! D'autant que dès le départ, il faut passer un rapide, celui du Malpa précise Jean, le loueur de canoës.

Ce n'est pas sans appréhension que Camille s'installe dans l'embarcation mais tout le petit monde semble si à l'aise, sûrs d'eux et rassurants ! Surtout Arthur qui lui donne les conseils pour pagayer : « à droite, à gauche, allez, tu ne fais plus rien je m'occupe de tout ! C'est parti, on y va tranquillou ! »

Ballottée, bousculée, aspergée par l'eau qui passe par-dessus le canoë, ils passent sans encombre le rapide ! La rivière est presque calme, maintenant il faut pagayer pour avancer.

Elle suit les indications d'Arthur et trouve qu'elle s'en sort bien ! Elle est joyeuse, rit avec les autres, se détend de plus en plus et apprécie de glisser sur l'eau, quelques petites émotions encore lorsque le lit de la rivière est plus agité.
Deux heures de descente jusqu'à une petite plage, où le minibus vient les chercher pour retourner au camping. Quelle belle expérience !
L'après-midi est bien entamée, Camille se glisse dans un des hamacs que les voisins ont accroché aux arbres. L'extérieur est doux, à l'ombre des branches elle somnole, sourire aux lèvres, elle est en paix.

Tout à une fin, celui du séjour des amis d'Australie se termine. Elle accepte de passer cette dernière soirée avec eux puisqu'ils lui assurent que ça ne les gêne pas, bien au contraire !
Camille pose encore des questions sur l'Australie. Nino, lui, est resté trois mois de plus pour découvrir la Nouvelle-Zélande, c'était son rêve de voir le mont Victoria ainsi que le Fiordland et les Southern

Lakes, ce lieu étrange qui a servi de décor au « Seigneur des Anneaux ». Il ne regrette pas, c'est un très beau pays, des facilités pour trouver un petit boulot et se loger.

– Bonne nuit à vous tous ! Cette journée m'a bien fatiguée mais quel bonheur ! Merci à vous mes amis !

– C'était vraiment sympa ! Je ne regrette pas d'avoir été dans le même bateau que toi ! lance Arthur avec les deux pouces levés.

– À demain matin Camille ! On ne va pas partir sans te dire au revoir tu sais ! Livia la prend dans ses bras avec joie et tendresse.

Camille se blottit dans son duvet, une polaire en plus, il fait frais cette nuit. Morphée ne tarde pas à l'inviter au sommeil et la transporte jusqu'à la station « rêves ». Elle se trouve dans un environnement qu'elle ne connaît pas mais n'a aucune peur. Elle avance comme flottant au-dessus d'un sol invisible d'où montent des vibrations qu'elle perçoit sous ses pieds. Du sable mouvant et pourtant elle ne s'enfonce pas. Des gens la croisent, elle les salue, ne s'arrête pas. Un monde étrange l'entoure, l'enveloppe, traversé par des flashs d'instants qu'elle a vécus dernièrement, des visages qu'elle connaît, des bribes du passé qui se succèdent, sans cohérence. L'intemporalité est présente, laissant place uniquement à des émotions : joie, tristesse, apaisement, peur.

Elle continue son chemin. Maintenant, elle marche sur une plage de sable mouillé, les vagues sont proches, elle entend le bruit du ressac. Elle est cette mer houleuse. Elle regarde le ciel, elle est cet espace bleu infini. Elle se retourne vers une forêt, s'approche d'un arbre majestueux, entoure le tronc avec ses bras, elle est certitude de vie et de sève.

Le matin au réveil elle est habitée d'un trouble singulier. Cette nuit, elle a voyagé dans son inconscient.

– Hello Camille ! Tu es là ?

Elle reconnaît la voix de Sarah !

– Oui je suis là ! J'arrive ! Répond-elle en se précipitant à l'extérieur, toute ébouriffée.

Dehors, le soleil est timide, pas levé depuis longtemps !

– Vous partez déjà ? Je ne vous ai même pas entendu plier bagage !

– Tu sais, on a un peu de route et tellement de choses à préparer pour notre mariage avec Dylan ! On ne voulait pas partir sans te faire un coucou ! Sarah est radieuse.

Les « au revoir » sont amicaux et bienveillants, ils échangent leurs numéros de téléphone, se disent « on prend des nouvelles », absolument !

– Je penserai à vous samedi les amoureux, je vous souhaite tellement de bonheurs multicolores et de beaux projets. J'ai été heureuse de vous rencontrer tous, merci pour tous ces moments passés ensemble !

Camille, émue, leur fait au revoir de la main. Ils sont partis, elle reste là. C'est ainsi.

Frémissement des feuilles naissantes

Au vent couleur verte
Il y a une tristesse
Celle du cœur, peine
Le chagrin n'est pas celui qui pleure
C'est aussi celui de la solitude de l'âme
Mon âme pleure aux couleurs vertes
La trace s'efface
Devant l'ineffable pâleur du ciel
Azur
Assurément lisse

Chapitre X

Quatre semaines que Camille est là, elle n'a pas vu le temps passer, elle va rester encore un peu. Hubert lui a dit que cela ne pose pas de problème, elle peut rester autant qu'elle veut, c'est bientôt la fin du mois d'août, il y a moins d'affluence. Ce qui l'arrange car elle n'a pas de projet et n'a pas l'intention de bouger ! Le départ du petit groupe eut un effet miroir sur ses perspectives à venir. Ce n'est pas le vide, c'est un plein à construire. Elle va s'offrir le temps d'analyser chaque chose qui donnera de la consistance à ses décisions avant de reprendre la route du retour.

En cette saison, malgré la température encore douce, les orages parfois grondent, plutôt la nuit. Elle est blottie dans son duvet, sa tente tient le coup ! Le jour, le soleil sèche le sol et la petite lessive qu'elle étend sur le fil entre deux arbres.

Elle se lance dans des petites randonnées balisées, pas très loin. En rentrant, elle est plutôt satisfaite et ne manque pas, en fin d'après-midi, de partager un moment convivial au bar du camping, parmi les vacanciers de plus en plus rares, en dégustant la petite bière servie par Hubert, toujours souriant en la voyant.

Elle a besoin de ce temps avec elle-même, une solitude qu'elle accueille aujourd'hui avec apaisement. Elle n'a plus cette peur qui lui maintenait l'âme dans une sorte d'attitude souvent maussade qu'elle ne comprenait pas dans sa vie d'avant.

Ses journées sont denses en agitation de la pensée, en réflexions et en divers constats. Le temps ne se vit pas comme simple et unique, il est une multitude de couleurs. Dans chacune d'elles il y a le présent de la réalité vécue et les aspirations qui ne sont qu'attendues.

Au centre du temps qui se déroule se superposent différents états composés d'envies, de désirs, de projections, ici et maintenant mais aussi vers ce qui est à venir. En fait, Camille prend conscience que plusieurs présents se juxtaposent : celui d'une réalité immédiate, palpable et celui d'une attente à saisir qui se réalisera bientôt.

C'est une présence de chaque instant dans une absence ressentie, celle de ce qui va advenir.

Il y a deux crépuscules, celui du soir et celui du matin. Elle perçoit le changement en elle dans ce cycle immuable. Ce n'est pas encore clair dans son esprit mais elle sait intuitivement qu'elle détient là les réponses à ce besoin de partir d'un univers qui contenait dans sa forme un cadre borné de contraintes pour ne pas se perdre, mais éloigné de ce qu'elle est au fond d'elle. Alors elle regarde la main ouverte avec l'œil au centre, son « œuvre ». Elle sourit, ce n'est seulement qu'à cet instant qu'elle comprend ce qui a émergé de son être pour prendre forme dans la matière.

Un matin, bercé par la luminosité du soleil et les clapotis de la rivière, en allant aux sanitaires prendre sa douche, Camille remarque que cela fait plusieurs fois qu'un homme lui dit bonjour avec un grand sourire. Elle n'y avait pas prêté attention jusqu'ici. Elle le regarde plus attentivement, tout en discrétion. Il semble être à peu près de son âge, un physique agréable, une allure sportive. Le soir, lors de son retour du bar du camping où elle a pris l'habitude de faire la causette avec Hubert et son frère Jean après ses découvertes touristiques, elle le croise à nouveau. L'homme s'arrête et lui demande si elle a passé une bonne journée.

– Oui, merci ! lui répond-elle sans avoir envie de s'attarder. Il rebondit sur sa réponse.

– Aujourd'hui, je suis allé visiter les « Tours de Merles », c'est très beau et pas loin. Vous y êtes allée ?

– Oui, et j'ai opté pour une visite guidée. L'histoire de ce château est passionnante !

– Tout à fait d'accord avec vous, j'ai pris aussi la visite guidée et je ne regrette pas ! Cette région est tellement belle et riche en histoire ! Et ce camping est très sympa, calme, convivial, j'ai loué un mobil-home très confortable, vue sur la rivière, nickel ! Vous êtes en tente juste là-bas ? Nous sommes voisins donc ! Je suis arrivé samedi dernier et je reste pour une semaine seulement. Ce sont des amis qui m'ont tellement parlé en bien de la région que je me suis décidé à la découvrir ! Vous êtes ici depuis longtemps ?

– Depuis quelque temps et je ne m'en lasse pas, je vais rester encore un peu !

– Je comprends et quelle chance vous avez de pouvoir profiter autant de ce bel endroit ! Alors on aura l'occasion de se rencontrer ! Bonne soirée ! lance-t-il avant de se diriger vers son mobil-home.

– Bonne soirée !

Camille rejoint son petit abri. Le temps devenant de plus en plus variable, elle s'est aménagé un auvent qui la protège et lui donne plus d'espace au sec lorsqu'il pleut. Elle convient que ça fait un peu « de bric et de broc » comparé au confort des tentes et camping-cars qui se sont installés autour, mais ça lui va, c'est son petit univers.

La nuit arrive bien vite en cette presque fin d'été. Ce soir, la lune est pleine, lumineuse, éclairante. Elle se reflète scintillante dans l'eau de la rivière, suit les clapotis, se déforme, s'étire, se transforme en une nébulosité à fleur d'eau. Camille s'est installée sur sa petite chaise, bien couverte, les soirées sont de plus en plus fraîches. Sur sa table basse de quoi grignoter pour accompagner le petit rosé frais qu'elle a acheté au bar tout à l'heure. Les arbres qui l'entourent forment un cocon de nature qui l'isole du reste du monde. Elle entend l'oiseau de nuit, comme d'habitude, il n'est pas loin. Cette ambiance lui donne l'impression que le temps s'étire à l'infini. C'est une sensation de délivrance qu'elle savoure sans modération !

Plusieurs mois déjà passés depuis son départ où a germé un bouleversement, celui qui va lui permettre d'exister, celui qui va s'exprimer, sortir du ventre et venir prendre forme. La voix intérieure est frémissante. Tout est résonance, la pensée fait écho à la parole, le mot appelle l'acte, le geste rejoint l'esprit. La pensée, c'est l'idée que l'on se fait de soi, de ses capacités à construire quelque chose qui nous tient à cœur, que l'on aimerait réaliser.

La parole c'est comment on parle de soi, laissant transparaître derrière les mots, le désir caché d'être enfin ce qu'elle est.

Le passage à l'acte n'est que le moyen qu'elle va se donner pour vivre ce qui, depuis toujours était tapi au fond d'elle, silencieusement.

Elle se donne le droit d'être ! Elle n'a pas choisi le moment, c'est lui qui s'est imposé lorsqu'elle était prête.

Le fruit met du temps avant d'être mûr, bon à manger. Généreux, il se laisse cueillir et on s'abandonne au plaisir de le déguster. C'est sa raison d'être.

En fleur, sa fragilité est à l'image de sa beauté. La force de l'arbre alimente l'harmonie lui permettant d'affronter les épreuves et devenir ce fruit. C'est un événement, une offrande ! La force vivante permet de regarder les peurs, trouver la confiance et l'apaisement de l'esprit. La sérénité devient vibrante, le silence se change en lumière.

Elle ne sait pas depuis combien de temps elle est réveillée. Le klaxon de la boulangère la rassure et la ravit ! Ce matin elle va s'offrir des viennoiseries faites maison ! Elle constate qu'il y a moins la queue, le voisin du mobil-home est là.

– Bonjour ! bien dormi ? lui dit-il en la voyant s'approcher.

– Très bien ! Et vous ? Le ciel nous promet une belle journée je pense ! répond-elle avec un sourire.

– Très bonne nuit ! Aujourd'hui je vais faire une balade que j'ai repérée dans le dépliant des randonnées possibles dans le coin. J'ai lu que le sentier mène au « Roc Castel » sur les hauteurs avec vues sur la Dordogne et le long du chemin il y a des maisons dans les arbres ! Vous connaissez ?

– Oui, je l'ai faite cette randonnée, elle est magnifique !

– Ah ! Et j'ai aussi vu que dans le village tout à côté, il y a ce soir le marché des producteurs locaux et qu'il y a un « pique-nique » géant ! Et c'est le dernier de la saison m'a dit le propriétaire. Il ne faut pas le manquer ! Vous y êtes déjà allée ?

– Oui, c'est très sympa, il y a des agriculteurs du coin et on peut acheter des victuailles à griller sur des barbecues à disposition. Il y a de grandes tables et en plus une animation musicale avec un groupe de musiciens pour la soirée !

– Ça vous dit d'y aller ce soir ? Je vous offre le pique-nique !

– Pourquoi pas ? Je n'y suis pas allée la semaine dernière et c'est vraiment un moment à ne pas manquer !

– C'est parfait, merci, je suis ravi de découvrir ce marché avec vous ! Je m'appelle Adrien et vous ?

– Moi c'est Camille !

– Très joli prénom Camille !

– Merci !

– On se donne rendez-vous à 18 h ?

– Très bien Adrien !

Ils se séparent avec chacun leur petit déjeuner sous le bras. Elle a toute la journée devant elle, que va-t-elle faire ? Se plonger dans la lecture, profiter de la piscine et d'un bain de soleil qui se fait moins « mordant » à cette saison et appeler Julie ! Depuis qu'elle est partie, elle a plein de choses à lui raconter et elle a besoin de papoter avec son amie.

– Coucou Julie !

– Salut ma belle ! Comment ça va, tu es où ?

– Ça va bien, je suis toujours au camping ! Et toi tu es où ?

– Toujours avec mes amis et on va bientôt partir pour une rando mais pas de soucis, il n'y a pas d'urgence. Alors, raconte-moi, tu fais quoi là-bas, tu ne t'ennuies pas ?

– Alors, quand tu es partie, j'ai suivi tes conseils et je me suis liée d'amitié avec le groupe d'à côté, tu te souviens ? Eh bien j'ai fait du canoë avec eux, j'ai passé des soirées super sympas ! En fait ils se retrouvaient ici pour se faire un remake de leur voyage en Australie où ils se sont rencontrés, dans une colocation et ne se sont plus quittés !

Partie sur sa lancée, Camille lui raconte plus en détail leur expérience, qu'elle a posé plein de questions sur leur voyage tellement c'était captivant ! Et Sarah qui a rencontré Dylan, dont le mariage s'est fêté en France puis en Australie. Elle lui a dit qu'elle serait ravie de l'accueillir autant qu'elle le désire si un jour elle veut découvrir ce pays.

Puis elle enchaîne sur le rendez-vous avec Adrien pour aller au marché le soir même. Elle ne manque pas de préciser que c'est lui qui l'a abordée et a proposé cette soirée ce qui, finalement lui fait très plaisir. Elle se réjouit de « sortir » ce soir ! Elle pense qu'il la drague un peu… en tout cas, elle dit à son amie qu'il a vraiment cherché à entrer en contact avec elle.

Julie écoute son amie avec enthousiasme.

– Ce ne sont que des bonnes nouvelles ! Mais qu'est-ce que tu me racontes ? Moi qui craignais que tu te morfondes et que tu t'ennuies ! Une virée en Australie c'est une excellente idée et ce soir, profite de l'invitation ! Il est comment Adrien ?

– Ah, ah, il est pas mal du tout, plutôt sympa, il ne manque pas de dynamisme et ça me donne un peu le tournis, répond Camille sur un ton plus modéré.

– Bon, de toute façon, ce sera certainement une soirée agréable, enfin j'espère !

– Tu as raison ! Et toi comment ça va ?

– C'est top, on se fait de belles randos avec les potes et les journées passent vite ! Demain c'est retour avant la reprise lundi. Et toi, tu penses revenir quand ? Tu sais que tu peux venir chez moi, il y a une chambre. Je suppose que tu n'as nulle part où loger ?

– Merci Julie, c'est vrai que je ne sais pas trop où aller quand je vais rentrer. En fait, je crois que je recule ce moment du retour. Il y a bien mes parents, mais si je peux faire autrement… Puisque tu me proposes de m'accueillir, je vais rester une petite semaine encore ici et puis je rentre, comme ça tu auras eu le temps de te poser toi aussi.

– Tu arrives quand tu veux Camille ! Allez, il faut que j'y aille, les copains m'attendent pour partir ! Gros bisous !

Camille raccroche. Oui, le retour, elle y songe mais n'est pas encore dans cette réalité concrète. Car il faudra bien qu'elle revienne ! Dans son for intérieur elle remercie son amie qui lui remet les pieds sur terre et l'oblige à avancer. Elle qui flotte dans une nébulosité agréable dans les journées qu'elle traverse avec béatitude au bord de la rivière mais sans aucune perspective solide à venir. C'est une situation inédite pour elle. C'est un délice de liberté ici et maintenant. Demain est un autre jour pense-t-elle, c'est ce qu'elle a appris durant ces mois passés hors des murs de son existence d'avant et qu'elle ressent à ce moment précis comme rétrécie par des injonctions aujourd'hui délétères.

Oh ! Il est temps qu'elle se prépare pour le

marché ! Elle a vu son voisin arriver et ne veut pas le faire attendre, elle ne supporte pas être en retard.

– Alors, vous avez passé une belle journée Camille ? dit-il en la voyant se diriger vers son mobil-home.

Elle perçoit son regard de satisfaction qui la scanne de haut en bas et s'arrête une nanoseconde sur sa poitrine. Il faut dire qu'elle a mis un petit haut dont le décolleté met son buste en valeur. Il est agréable à regarder aussi dans son jeans et sa chemise en lin.

– Très bonne, très tranquille ! Et vous, la balade, c'était comment ?

– Magnifique ! Ça grimpe bien pour monter jusqu'au Roc Castel mais quel panorama en haut avec vue sur la Dordogne, belle récompense des efforts ! Et les maisons dans les arbres… c'est très original ! J'ai vu qu'en fait ce sont des gîtes, ça doit être bien sympa de passer un week-end dans ces maisons !

– Surtout que non seulement elles sont perchées mais en plus on a le point de vue sur la Dordogne !

– On y va Camille, tu es prête ? On prend ma voiture pour y aller, je crois qu'il faut prévoir une petite laine, les soirées sont plus fraîches ! On peut se tutoyer ?

– Oui, je suis prête, j'ai prévu, merci, et on peut se tutoyer !

Même s'il y a moins de monde que la fois où elle est venue avec Julie, le marché est toujours aussi agréable et l'ambiance festive. Ils font le tour des marchands, Adrien en profite pour acheter des vins et des spécialités du coin pour offrir à ses amis. Elle, se contente de faire des achats de produits frais, elle n'a pas eu le courage d'aller au super marché pour se réapprovisionner. Ils concoctent leur pique-nique du soir, trouvent une place sans difficulté à une table, « pas trop près ni trop loin du podium » conseille-t-elle, un groupe s'affaire à la mise au point de leurs instruments.

Les grillades sont sur le feu, tous deux gèrent la cuisson, saignant pour Adrien, à point pour Camille. C'est prêt, ils n'ont plus qu'à déguster les brochettes, les merguez accompagnées de tomates du maraîcher, juteuses et goûteuses !

Depuis leur arrivée, Adrien ne cesse de parler de lui, son boulot, ses activités, ses expériences et exploits dans ses courses de trial, sa rupture récente avec sa compagne, ses difficultés avec ses voisins... un récit ponctué malgré tout par des moments de pause où il revient au présent de cette soirée en évoquant la saveur de leur dîner. Une logorrhée qui laisse Camille perplexe, elle écoute, parfois tente de donner son idée sur le sujet ou bien de rebondir. C'est sans accroche, ce qu'elle dit tiédit de façon inexorable, c'est un flop ! Elle en rit intérieurement. Avant, elle aurait été vexée, touchée dans son égo de ne pas être entendue, préoccupée par l'idée d'être ridicule, pas intéressante. Elle cherchait sans cesse dans le regard de l'autre l'appréciation, l'acceptation, être approuvée pour se rassurer. Ce faisant, elle était perpétuellement dans le doute, la peur, l'inquiétude. Cette auto préoccupation détruit l'estime de soi. Un sourire radieux s'exprime sur son visage. Aujourd'hui, elle se sent différente, détachée et observe cet être qui s'agite dans son propre monde.

Pas très loin d'eux, il y a un petit groupe, elle reconnaît les pilotes d'ULM avec qui elles ont fait le baptême de l'air, avec Julie. Eux aussi la reconnaissent, ils se font un petit signe échangent quelques mots sur la météo, encore clémente pour le vol. Elle, les remercie une nouvelle fois pour cette expérience qui restera un souvenir inoubliable !

– Tu as fait un vol en ULM ? Demande Adrien avec des yeux d'étonnement.

– Oui, c'était avec mon amie, chacune dans un appareil mais on a fait « la route » ensemble ! C'était génial, fantastique et avec le coucher de soleil au retour de la balade, grandiose !

Adrien reste silencieux, admiratif. Camille est satisfaite, elle a réussi à lui clouer le bec !

Ça y est, le groupe de musiciens donne le tempo et s'élance dans un morceau qui fait frétiller les attablés !

– Allez Camille, tu aimes danser, on y va ? C'est trop bon ce morceau !

– C'est parti ! J'adore danser !

Les voilà qu'ils s'élancent sur la piste improvisée de la petite place. Camille est ravie, le bouton « off » du flot de paroles d'Adrien est activé ! Elle se laisse aller sur les notes d'un rythme de salsa qui la transporte vers d'agréables souvenirs et lui apporte un grand plaisir. Ils avaient, avec Antonin suivi des cours pendant une année. Elle se souvient du pas de base et de quelques enchaînements. Un regard, un tilt avec un des danseurs et voilà qu'il l'invite ! Elle prend sa main et se sent happée immédiatement ! Il la guide, la mène, en douceur. C'est un excellent danseur, elle relâche son corps, attentive au moindre signal de « passe » pour répondre en harmonie. Quand il perçoit qu'elle est perdue dans sa proposition alors il enchaîne sur une autre, plus facile ou bien reprend les pas de base pour repartir à nouveau sur une nouvelle figure. Ils se regardent, se sourient, partagent ce plaisir de la danse. Tout est fluide, Camille s'en délecte.

Le morceau se termine, ils se quittent en se remerciant.

– Tu sais danser la salsa ?

– Oui, j'adore cette musique et cette danse !

Encore un regard chargé d'admiration, pour la deuxième fois ! Camille s'en amuse intérieurement.

Et c'est un enchaînement d'autres morceaux tout aussi dansants ! Un rock, pas trop rapide, Adrien lui prend la main pour la guider et c'est parti ! Il semble satisfait de l'embarquer et lui montrer que s'il ne connaît pas la salsa, le rock n'a pas de secret pour lui.

La soirée s'étire vers sa fin. L'heure de l'avant-dernier titre arrive, c'est un slow auquel Adrien l'invite avec élégance. Dans un mouvement langoureux,

elle sent qu'il se rapproche, se fait plus envelop-
pant avec ses mains sur ses reins, suggérant une
approche plus intime. Camille n'a pas cette envolée
du corps et du désir puissant qu'elle avait ressenti
avec Mattéo. Elle se rétracte, remet de la distance
à chaque tentative de rapprochement. Fin du morceau, elle est soulagée de mettre fin à cette proximité qui n'éveille aucune vibration en elle.

Elle propose illico de rentrer, elle est fatiguée.
Adrien n'insiste pas, ils retrouvent leurs affaires et
se dirigent vers le parking. Sur le chemin du retour,
ils se disent combien cette soirée était sympa. Au
camping, il l'invite pour un dernier verre dans son
mobil-home. Elle décline, pressée de rentrer dans
le douillet de son duvet. Mais il n'en reste pas là ! Il
l'attire contre lui et cherche sa bouche, elle se
dérobe, tourne la tête.
– Lâche-moi s'il te plait !
– Mais tu n'en as pas envie ? Je croyais que ça te
dirait de prendre un peu de bon temps, non ?
– Non, pas du tout ! Laisse-moi maintenant !
– Okay ! T'allumes et après t'assumes pas ! Heureusement que tu ne me plais pas ! lance Adrien
avec un rire et un rictus de mépris sur son visage.
– Ahhh, alors bonne nuit ! rétorque Camille d'un ton
posé, ça tombe bien, tu ne me plais pas non plus !
C'était sympa les moments que l'on a passés
ensemble mais c'est vrai que nous n'avons pas
beaucoup d'affinité…
Elle n'a que faire de cette réflexion qui ne la touche

pas et se dit qu'elle a eu raison de couper court à ces échanges.

Envol

Être dans l'ombre
Le soleil ailleurs
La marche lente frôle l'indicible
Raisonne à la lumière
Lueur du temps qui passe
J'entends ce murmure
La fleur peut éclore, elle est un papillon
Qui s'agrippe fébrilement à la terre
Puis lâche son emprise
Goûte la rosée
Savoure cette liberté

Chapitre XI

Le jour, ça ne fait pas si longtemps qu'il est levé, la nuit a été plus fraîche, Camille a enfilé une polaire avant de s'endormir, en paix.

Le klaxon de la boulangère est une constante qui rythme le temps, même si ce matin elle n'a pas le courage de se lever, c'est un rituel qui imprègne Camille d'une légèreté heureuse.

Aujourd'hui, elle n'a rien à faire, nulle part où aller. Elle ne va pas s'ennuyer. Elle a besoin de cet espace et ne souhaite surtout pas rencontrer son voisin du mobil-home. Déjà, prendre son petit déjeuner, emmitouflée dans une tenue confortable et chaude, contempler la rivière, assister au concert des canards, observer les pêcheurs, lire, écouter de la musique, laisser voguer son esprit et ses réflexions sur ce qui va être à venir pour elle.

Elle se prélasse dans le confort de son siège camping face à l'eau, elle s'est déplacée sur le côté pour avoir le soleil, un peu timide mais présent. Les écouteurs dans les oreilles, elle écoute une émission sur la radio qu'elle préfère. Aujourd'hui le

sujet est : « Qu'est-ce qu'un état d'esprit ». L'invitée répond à la question de l'animateur :
« Notre état d'esprit ordinaire est alimenté par les perceptions sensorielles et par un mental qui conceptualise. De ce fait, notre perception du monde est limitée par la capacité même de nos sens et de nos identifications qui ont d'innombrables caractéristiques que nous avons tendance à figer et auxquelles nous nous identifions et bien sûr que nous entretenons.
Si nous restons enfermés dans cette « fiction personnelle » c'est-à-dire notre réalité « auto centrée », nous nous heurtons inévitablement au réel composé des phénomènes changeants qui apparaissent à notre esprit. Ce qui peut être source de conflits intérieurs, de ruminations constantes qui créent une agitation mentale nuisible et des souffrances. »
Camille est troublée par ce qu'elle vient d'entendre. Ces paroles la saisissent, elles résonnent tant sur ce qui se déploie dans son intime d'Être au monde.
Son regard se pose sur sa petite table de camping. Une mésange vient « voler » une miette de pain. Elle sourit. Puis une deuxième s'invite suivit d'une troisième et le bal des ailes se met en place. Il faut dire qu'il y en a des graines dans les miettes du pain ! Depuis son arrivée, ces petits oiseaux délicats l'accompagnent souvent lors de ses repas, ils sont moins farouches et plus intrépides de jour en jour ! Elle les regarde faire les allers-retours de la table aux branches de l'arbre tout près. Un cadeau,

une joie intérieure qui dissout ses préoccupations. Elle est contemplative et sereine. Elle savoure ce plaisir ce qui est déjà une noble occupation !

Journée camping ! À l'heure la plus chaude elle ira faire quelques brasses dans la piscine, profiter du soleil et rêvasser. Peut-être réfléchir à son retour ? Pas sûr même si elle sait que l'échéance arrive. Le temps plus frais n'est pas très compatible avec ces conditions de camping. Mais peut-être qu'il y a un mobil-home de libre ? Elle en a repéré un − depuis le temps qu'elle est là − avec une baie ouverte sur la rivière, terrasse, ombrage mais pas trop. Elle va demander à Hubert ! Pourquoi ne pas rester une ou deux semaines de plus ? Sauf si la pluie est au programme dans les prochains jours. Quoi que, la lumière est belle quel que soit le temps et elle sera au sec !

Toute la journée, elle évite de rencontrer Adrien. Lui aussi d'ailleurs se fait discret. Demain c'est le départ pour lui. Il a sans doute à faire ses valises. C'est très bien ainsi pense Camille.

Au traditionnel rendez-vous de fin d'après-midi au bar pour prendre une bière, Camille demande à Hubert si le mobil-home est disponible.

– Désolé Camille, il est pris jusqu'à mi-septembre, lui répond-il, toujours avec sa bonne humeur. Sinon il y a celui-ci, juste en face, mais c'est vrai qu'il n'a pas une vue plongeante sur la Dordogne…

– Ah, ce n'est pas grave, je vais plier ma tente en début de semaine prochaine alors ! Elle est déçue mais ne le montre pas, se dit aussi que ce qu'elle repousse depuis des semaines est inévitable. Elle a deux ou trois jours pour se faire à l'idée et organiser son retour.

Le lendemain, Julie l'accueille avec enthousiasme au téléphone. Pas de soucis, elle n'attend que ça, heureuse de la retrouver, elle va préparer la chambre d'amis !

– Tu arrives quand tu veux et tu peux rester le temps que tu veux !

– Quelle chance de t'avoir pour amie Julie ! répond Camille touchée par tant de sollicitude et de bienveillance. Si tu savais combien ça me soulage d'avoir un point de chute et une telle confiance.

– Tu es mon amie Camille, je ne vais pas te laisser tomber ! Et puis je ne serai pas toute seule dans mon appart ! C'est super, on va partager plein de choses, je suis contente de vivre un peu de mon quotidien avec toi !

Camille est si émue que sa voix se casse par les larmes qui coulent maintenant. L'émotion est forte.

– T'en fais pas mon amie, on va passer du bon temps ensemble et toi, tu auras tout le temps aussi pour prendre de nouvelles marques, penser à la suite, te projeter dans un nouveau projet et avoir d'autres perspectives. Quand est-ce que tu penses arriver exactement ?

– Je vais prendre la route lundi, je serai chez toi en fin d'après-midi vers 18 h.

– Parfait, je serai rentrée du boulot et on va se faire un apéro champagne pour l'occasion !

Elles rient ensemble à cette perspective. Camille

est immédiatement impatiente de vivre ce moment de retrouvailles. C'est bon signe ! Elle est enfin prête à prendre la route du retour.

Finalement, ce n'est pas si facile de faire les valises, de déloger les petites bêtes sur sa tente, dépoussiérer la toile, dégonfler son matelas. De la méthode et de l'organisation ! Elle essaie d'être à la hauteur de sa décision et de ne pas lâcher sa détermination.

La voiture est remplie, bien plus qu'à son arrivée ! Il n'a pas plu, sa tente est sèche, elle ne devra donc pas la déplier à son retour. Elle embarque le basilic, le pied de tomate cerise, la coriandre, le persil, tout son petit potager ! Les galets sans pareil qu'elle a glanés au pied de sa tente dans la rivière, les pierres « précieuses » des ruisseaux lors de ses randonnées, « l'œil dans la main » et tout un tas d'autres choses qu'elle ne veut pas abandonner. Il y a toujours une petite place pour ses trésors !

C'est l'heure de partir, en cette fin de matinée, le soleil est timide. Un souffle de tristesse la saisit.

Les au revoir avec Hubert et Jean sont joyeux. Ils lui disent « à très bientôt », une façon de signifier qu'elle sera toujours la bienvenue. Elle assure qu'elle ne manquera pas de revenir tellement son séjour a été délicieux, dans tous les sens du terme ! Que chaque jour lui a apporté du bien-être et de l'apaisement. Un accueil qu'elle n'est pas prête d'oublier !

Camille s'installe au volant, lance sa Play liste

« voyage », fait un dernier coucou de la main et passe la première.

Aube

La lumineuse fraîcheur du matin
Vient faire écho au bleu pâle du ciel
Lavé par l'humidité de la nuit
Porteuse du tout possible

Le souffle du vent plie les branches de la crainte
Le chant de l'oiseau vibre contre le tympan du cœur

L'œil de la main
Attentif
Observe la rébellion intérieure
Rien ne peut s'y opposer

Chapitre XII

C'est affolant toute cette circulation ! Elle est sur l'autoroute, plus elle avance, plus il y a de voitures, signes d'une grande densité de population. Le périphérique est stressant pour Camille, elle qui le prenait si régulièrement. Elle a perdu les repères de sa vie d'avant, c'est une évidence. Elle se sent totalement perdue, heureusement qu'il y a le GPS pour la guider jusqu'à l'adresse de Julie. Quelle idée d'habiter dans cette ville grouillante d'agitation !

Il est 18h30, timing presque respecté ! Elle a trouvé une place pas très loin de l'appartement de son amie. Elle reconnaît la rue, la porte d'entrée, elle sonne à l'interphone, la voix de Julie lui procure un soulagement immédiat.

– Coucou Camille ! Tu te souviens de l'étage ?

– Oui, quand même, 10e étage, deuxième porte à droite !

Sur le palier Julie l'attend, rayonnante. Elles se serrent si fort dans les bras, la joie est telle que Camille fond en larmes, enfin lâcher prise après toute cette tension du voyage. Julie la serre encore un peu plus fort, pour la réconforter, pour essayer de l'apaiser. Elle est émue elle aussi.

– Bon, on ne va pas rester sur le palier ! Entre et viens te poser un peu, la bouteille de champagne nous attend !

– Merci Julie, que ça fait du bien de te retrouver ! Mais tu as changé ta déco ? C'est cool le canapé, tu as repeint ton salon ? Ouah mais ça sent bon ! Tu as cuisiné ?

– Oh non ! Je fais juste réchauffer doucement un plat surgelé au four ! Tu sais combien je ne me lance surtout pas dans des plats « cuisine maison », puisque d'autres s'en chargent si parfaitement !

Elles rient, Julie est fidèle à ce qu'elle a de spontané en elle, pétillant et surprenant ! D'ailleurs les bulles ne vont pas tarder, elle aide Camille à déposer sa valise dans sa chambre et le sac de son petit potager dans le salon, le reste peut attendre. La table est dressée avec les petites lumières des bougies réparties un peu partout, les flûtes n'attendent que le feu vert pour être remplies !

Elles trinquent à leurs « retrouvailles », aux projets à venir.

La soirée est délicieuse, Camille se laisse bercer par cette amitié indéfectible qui lui fait chaud au cœur. Dans ces mois hors ses murs, cette complicité lui a manqué. C'est maintenant qu'elle le réalise.

Les échanges fusent autant que les rires, sans

modération tout comme les bulles !

– Bon, au lit ! Demain c'est boulot ! Mais cool, je n'ai pas programmé de réunion ! lance Julie en se levant.

– Oh là là, il est tard ! Je m'occupe de tout ranger, moi demain je peux faire la grâce matinée ! Allez, allez, vas te coucher.

Une fois tout le rangement terminé, Camille regagne la chambre où elle a déposé ses affaires. Quelle attention délicate, Julie a préparé le lit, mis une petite bouteille d'eau sur la table de chevet et un joli bouquet de fleurs sur la commode, fait de la place sur des étagères du placard.

Demain elle aura le temps de défaire sa valise, rien ne presse. Elle se glisse dans les draps qui sentent bon la lavande. Elle est rentrée à la maison. Les bras de Morphée l'enveloppent d'une tiédeur rassurante.

Lorsqu'elle sort de la chambre, une odeur de café l'accueille. Elle s'apprête à lancer un « bonjour Julie ! » lorsqu'elle arrive dans la cuisine. Bien sûr, son amie est déjà partie au travail ! Encore une gentille attention, Camille sourit. Elle va chercher son téléphone et envoie un sms à Julie pour la remercier de tout ce qu'elle fait pour elle.

Les jours passent mais ne se ressemblent pas. Camille a tant à faire depuis son retour. Avant de partir, elle avait fait suivre son courrier à l'adresse de ses parents qui l'ont accueillie avec bonheur mais aussi avec une pile de lettres qu'elle a mis une demi-journée à ouvrir. Elle a classé les choses à faire en urgence, celles qui peuvent attendre encore un peu, les envois à jeter.

Les expos, les balades dans les rues de Paris au hasard qui la mènent toujours vers des découvertes inattendues, ponctuent agréablement ses journées. Elle, dans sa banlieue d'avant, n'avait pas eu cette idée d'aller explorer « les Mystères de Paris » à une trentaine de kilomètres seulement !

Elle retrouve les soirées entre amis, que Julie ne manque pas de programmer, sans inviter Antonin, une délicatesse que Camille découvre en elle. Les dimanches familiaux lui font du bien. La question lui est posée inévitablement : « Tu as quoi comme projet maintenant ? »

Aujourd'hui elle va aller au parc tout près de chez Julie. Sur le chemin elle remarque un enfant dans une voiture. Une femme, certainement sa mère, fait le tour et s'assied au volant. Elle s'adresse à l'enfant qui attend son regard.

– Comment vas-tu aujourd'hui ? Nous allons nous promener ? Elle lui sourit tendrement, il est heureux.

Camille se promène dans les allées du jardin, en fait le tour, admire les parterres de fleurs, les essences variées d'arbres, une nature en mosaïque. Elle apprécie ces moments de tranquillité plein d'insouciance où elle se ressource. Elle se laisse tomber sur un banc et profite des rayons de soleil en ce mois de septembre, déjà bien entamé.

Toute cette agitation autour d'elle depuis qu'elle est rentrée lui donne le tournis et met en exergue ce qu'elle ne désire plus. La mémoire du passé est constituée d'éléments qu'elle ne veut pas retrouver. Elle ne rentrera pas dans l'immédiat dans le schéma « pôle emploi, petits boulots ou recherche d'un CDI, d'un appartement, etc. ». Ce que chacune des personnes soucieuses de son avenir lui souhaitent avec légitimité. Heureusement que Julie n'a pas posé de limite à sa présence et son compte en banque lui permet encore de partager les frais d'hébergement. Mais elle sait que cela aura une fin et elle veut s'y préparer.

Ce soir, il y a un documentaire sur l'Australie. C'est Julie qui a insisté pour le regarder.

– Ça va te rappeler les bons moments passés avec tes voisins de camping et le voyage là-bas qu'ils t'ont raconté ! Et puis moi j'ai envie de découvrir ce pays !

Ô combien Julie a raison ! Quel beau pays, si immense et surprenant !

Les jours qui suivent sont imprégnés d'images qui défilent et la font rêver. Elles ont gardé un lien par mail avec Sarah qui maintenant vit là-bas et ne manque pas de redire à Camille qu'elle sera la bienvenue si un jour elle décide de venir en Australie. Elle a un point de « chute » assuré.

Partance

Je pars en voyage dans mon âme
Et c'est bon
Il y a pêle-mêle des goûts d'amour et de tristesse
Des senteurs à jamais perdues
Des sentiers où je me suis perdue
Corps et âme
Dans une mouvance de plaisir
Et de souffrance
Je pars
Si loin
Si près de moi

Chapitre XIII

Une tasse de café chaud dans les mains, le regard vers l'horizon à travers la baie vitrée, Camille est blottie dans un coin du canapé. Il fait gris dehors. L'été indien de septembre s'essouffle et semble laisser sa place aux premiers frimas de l'automne.

Une montée impulsive, incontrôlable, débordante d'énergie explose en elle dans un délice moiré de malaise et bonheur conjugués.

Elle sent son empreinte. Elle est dans son corps. Tout est clair, lumineux.

Aujourd'hui elle se sent libre. Libre de dire, libre de faire, libre de choisir. Elle n'est plus prisonnière de ses peurs.

Le tumulte de l'esprit, pourtant si vibrant, s'apaise pour faire place au calme. Depuis quelques jours, cette transformation s'inscrit avec clarté en elle. Elle prend conscience de ce changement en regardant « l'œil dans la main », posé près d'elle. L'ancien s'en va, le nouveau s'installe.

Elle a réuni toutes les informations pour préparer son départ en Australie. Elle sera prête d'ici un petit mois, le temps que les formalités soient faites et effectives. Fin octobre, elle sera dans l'avion. Elle a annoncé la nouvelle à Sarah qui est tellement contente de la revoir !

Julie accueille cette décision avec un grand enthousiasme. Bien sûr, son amie va lui manquer pendant tous ces mois mais maintenant c'est tellement plus facile de communiquer.

Lorsqu'elle annonce son départ à ses parents, ils montrent tout d'abord une mine de stupéfaction, ils vont encore se faire un sang d'encre ! Devant la détermination et la joie de Camille si rayonnante en expliquant tout son itinéraire qu'elle a déjà bien pensé, ils sont heureux pour elle. Et puis, elle a une amie là-bas, ce qui les rassure.

Rien d'autre n'occupe autant ses pensées et ses journées : choisir une valise, sélectionner ce qu'elle va mettre dedans, vendre sa voiture, acheter son billet d'avion, préparer tous les « papiers », transporter tout ce qu'elle ne va pas emporter chez ses parents…

Mais elle ne manque pas le rendez-vous du café ou du thé en fonction de l'heure, au petit bar d'en bas. Elle a ses habitudes et les patrons sont tellement sympas. Elle aime aussi l'ambiance quotidienne avec tous ces étudiants de la FAC d'à côté qui vont et qui viennent avec leurs joies, leurs contestations multiples et ceux qui planchent sur un devoir ou un mémoire. Parfois, elle échange avec eux. Cela la ravie, la ramène au temps de ses études, quand, après une grosse journée de cours ils se retrouvaient entre potes au café du coin.

Aujourd'hui c'est l'heure du café, début d'après-midi. Elle s'installe à sa table favorite devant la baie pour voir les passants. Il pleut depuis le matin. Les gouttes glissent le long de la vitre, les parapluies défilent, elle est à l'abri.

La patronne sait ce qu'elle doit apporter à cette heure-ci.

– Comment allez-vous Madame Camille aujourd'hui ?

– Très bien, merci et vous ?

– Comme vous voyez, ça ne désemplit pas ! Ce mauvais temps donne envie d'être au sec et en plus la température a baissé… c'est l'automne ! Bon on ne va pas se plaindre ! Et elle repart après avoir déposé la tasse de café et le verre d'eau.

Camille lui sourit et la remercie. Elle porte sa tasse aux lèvres en levant les yeux. Sa gorge se noue, la gorgée s'arrête d'un coup. Là, à deux tables d'elle, ce qu'elle visualise la sidère. Antonin la regarde ! Il se lève et vient vers elle.

– Bonjour Camille, j'espère que je ne te dérange pas. Je suis content de te voir, ça fait déjà trois cafés que je t'attends mais j'étais prêt à attendre jusqu'à l'heure du thé et même de l'apéro. S'il te plait, est-ce que je peux m'asseoir à ta table ?

– Oui… répond Camille dans un état de stupéfaction et de méfiance. Que fais-tu là, comment savais-tu que je viendrais ici ?

– Surtout, n'en veut pas à Julie, je l'ai harcelée pour

qu'elle me dise comment je pourrais te rencontrer et te parler. Il s'assied en face d'elle.

– Eh bien que veux-tu me dire ?

– Comment vas-tu Camille ? Tu es resplendissante, ces mois de voyage semblent t'avoir fait beaucoup de bien ! Pour moi, il y a eu des moments difficiles. Je te l'ai dit quand on s'est téléphoné. Et puis le temps a passé. Maintenant ça va mieux. Mais je ne t'ai pas oubliée, tu es toujours dans mon cœur, je n'arrive pas à tourner la page.

– Je ne comprends pas vraiment. Julie m'a dit que tu étais avec une autre femme et que ça fonctionnait entre vous.

– Ah, oui c'est vrai, un temps... mais ça n'a pas duré en fait. Ce n'était pas vraiment ça, tu sais le truc qui fait que tu ressens que ça ne va pas être bon. Et toi, tu n'as pas rencontré quelqu'un ?

– Si, et ce fut une très belle rencontre, mais nous savions que rien ne pouvait se poursuivre, nous allions chacun dans des directions différentes. Nous avons partagé de bons moments.

Camille remarque le rictus bien connu sur son visage, celui d'une contrariété accompagnée d'une pointe de jalousie.

– Je ne vois pas où tu veux en venir Antonin. Poursuit-elle sur un ton ferme.

La patronne est attentive, elle vient demander si nous désirons autre chose. Camille commande un deuxième café et Antonin un déca.

Le silence s'installe entre eux, le temps que la commande arrive.

– Euh, reprend Antonin après avoir avalé une gorgée. Okay je me lance ! Est-ce que tu voudrais que l'on se revoie ? Et si l'affinité est toujours là... Il ne termine pas sa phrase.

– Elle n'est plus là pour moi cette affinité Antonin. Je pars bientôt pour l'Australie, au moins un an. J'ai tourné la page, mon regard est ailleurs, mes désirs sont immenses et libres. Camille le regarde dans les yeux en prononçant ces mots. Elle est sereine.

Antonin la fixe béatement. Il ne comprend pas.

– Mais tu vas faire quoi là-bas ? Tu en es où en fait ?

– Au crépuscule du jour de ma vie ! Le mien, celui que j'ai décidé de vivre ! lance-t-elle triomphante.

– C'est n'importe quoi ! Tu fais dans le genre poétique maintenant ! répond-il agacé.

Bien sûr que ça ne lui parle pas, à lui, toujours centré sur son nombril et trop pragmatique, ce qui ne laisse aucune place à l'inattendu pense Camille.

– Beaucoup de choses vont te manquer tu sais... sa voix se radoucit. Tu vas beaucoup me manquer à moi. Qu'est-ce qui t'a manqué avec moi ?

– Le manque de poésie dans notre vie, répond-t-elle en le regardant droit dans les yeux. Adieu Antonin, je souhaiterais terminer mon café seule.

Il se lève, la mine contrite avec un rictus de dédain.

– Bon voyage ! Et t'inquiète pas, je vais m'en sortir ! Un jour ou l'autre, je suis sûr que tu le regretteras !

Elle le regarde partir avec soulagement et libération. Elle n'est pas touchée par ces mots qui n'appartiennent qu'à lui. Son histoire à elle fait partie maintenant d'un autre chapitre. Elle sourit et savoure la dernière gorgée du café, si bon.

Automne

Dans l'espace d'un matin d'automne fébrile
La chaleur d'une caresse a fait naître l'ivresse du
jour
Elle est vibrante et engourdit l'esprit
Le corps s'en délecte.

La seconde du geste a tout dit
Pas de mots, un soupir
Profond, aride, délicat, aimant, permis.

Chapitre XIV

Julie conduit Camille à l'aéroport, c'est le jour du départ.

– Tu as bien fait ta check-list ? Tout est OK ?

– Ouiiii Julie, j'ai tout vérifié au moins trois fois avant de partir !

Du bonheur mais aussi de l'appréhension pour toutes deux, pour des raisons différentes. Camille de prendre le large vers l'inconnu mais si attendu et Julie de voir partir son amie pour plusieurs mois. Quelque part elle l'envie, elle n'aurait pas le courage de faire le pas. Là, elle l'admire.

Dans le hall de l'aéroport, c'est l'agitation, les gens circulent, chargés de bagages empilés sur des chariots. Camille respire un bon coup, un sourire illumine son visage.

Trouver le comptoir pour l'enregistrement, faire la queue, attendre son tour et puis voilà, sa grosse valise part sur un tapis qui l'engloutit et disparaît par une ouverture située derrière l'hôtesse.

Elles ont un peu de temps pour aller prendre un

café avant l'embarquement. Surtout ne pas être en retard, on va se donner de la marge lui avait dit Julie au cas où il y aurait des imprévus.

Camille trépigne, mais cette pause lui permet de se calmer et de patienter sereinement.

Prête à partir vers l'inconnu, à la première gorgée du nectar de café, elle a, dans son champ de vision un groupe de personnes qu'elle reconnaît : ses parents, son grand frère, sa petite sœur et trois amis !!! Ils s'approchent vers elle.

– Dis-moi Julie c'est une vision ? Tu vois ce que je vois ?

– Tout à fait mon amie ! Ils sont bien là en chair et en os ! répond Julie en lui serrant fort la main.

– On passait par là et on s'est dit qu'on avait envie de te faire un bisou sœurette avant que tu ne t'envoles ! lance son frère en écartant ses bras pour accueillir sa petite sœur !

Camille serre contre elle chacune et chacun des êtres qu'elle aime tant. Cette effusion de gentillesse et de bienveillance la laisse sans voix, des larmes coulent sans retenue.

Tous attablés, ils lui disent combien ils sont heureux pour elle. Ses parents ont une telle liste de recommandations, qu'elle en perd le fil.

La demande unanime faite en chœur : « Tu nous donnes des nouvelles Camille ! »

– Eh grande sœur, tu ne voudrais pas faire un blog ? C'est une bonne idée, non ? Comme ça on va voyager avec toi !

– Excellent !! Je ne sais pas comment faire, mais je suis sûre que Sarah va m'apprendre !

Le temps passe, Camille doit se rendre à la salle d'embarquement. Tout ce petit groupe joyeux et ému l'accompagne jusqu'aux portes vitrées qui se referment sur elle. Les derniers au revoir ne sont plus que signes de la main et bisous envolés avant qu'elle ne disparaisse dans le couloir qui mène à l'avion.

Installée dans son siège près du hublot, une chance pense Camille, l'engin roule sur la piste. La poussée du décollage est fabuleuse. Elle est heureuse.

Le crépuscule du jour est l'instant où la lumière subtile du soleil annonce la clarté à venir, celle de l'aube.

Remerciements

Merci à mes proches qui m'ont encouragée et soutenue dans ce projet d'écriture.

Merci aux relecteurs, qui m'ont donné de précieux conseils sur la rédaction et aidé à la correction.

Merci également à l'artiste Disigner Graphiste Eolia BOUFFLERS qui a créé l'œuvre présentée en page de couverture.

Merci à Corinne Poulain, directirice de Bookless Editions qui m'a accompagnée, conseillée, et a permis la parution de mon ouvrage.

Merci à vous chers lecteurs, en souhaitant que vous ayez eu du plaisir à lire cet ouvrage.

Table des matières

Made in the USA
Middletown, DE
16 March 2023

26821890R10106